ドリル&ドリル
日本語能力試験

著者　星野恵子 ＋ 辻　和子

頑張るあなたを応援します！

N2
文字・語彙

尚昂文化

前書き

◇この本の構成

問題

＜漢字読み＞	75 問：5 問 × 15 回
＜表記(漢字)＞	75 問：5 問 × 15 回
＜語形成＞	50 問：5 問 × 10 回
＜文脈規定＞	105 問：7 問 × 15 回
＜言い換え類義＞	50 問：5 問 × 10 回
＜用法＞	50 問：5 問 × 10 回

正解・解説

◇この本の特徴と使い方

① 問題数が多い。

　新しい「日本語能力試験」を受けるみなさんがＮ２の「文字語彙」をマスターするための練習問題が数多く入っています。Ｎ２レベルの漢字（1000字以上）、語彙（6000語以上）の中から、試験に出そうな重要なものを選んであります。

　漢字と語彙の知識は日本語の勉強の基礎です。文字語彙の力がつけば、文法や読解の試験の得点も必ず上がるはずです。文字語彙の勉強は単調になりがちですが、問題を解きながら覚えれば、ただ暗記をするよりも面白く勉強できるでしょう。合格への近道は、とにかく問題をたくさんやってみることです。この本をしっかり勉強して、合格をめざしてください。

② 回ごとに少しずつ進むことができる。

　少しずつ勉強を進めることができるように、6つの問題がそれぞれ10回〜15回に分けてあります。どこから始めても大丈夫ですが、1回ごとに、ページ上の得点欄に点数を書き入れて、現在の実力を測ってください。全部の回が終わったら、また第1回に戻って、もう一度チャレンジします。間違えた問題には印をつけて、二度と間違えないようにすることが大切です。くり返し勉強するために、本には答えを書き込まないようにしましょう。

③ ていねいな解説がついている。

　別冊に正解と問題の解説（語句の翻訳、ヒントや解き方）があります。勉強があま

り好きではない人は、正解をチェックしてから、間違えた問題だけ、その解説を読んでみればいいでしょう。勉強が好きな人は、正解できても答えに自信がなかった問題は、必ず解説の部分をゆっくりよく読んでください。解説を読むことで、また力をつけることができます。

④ 語句のリスト、難しい説明には翻訳がついている。

　別冊には、語句リストの翻訳があるので、言葉の意味がすぐわかります。解説では、難しめの日本語の説明に英語、中国語、韓国語の翻訳がついていますから、説明もわかりやすくなっています。

◇N2「文字語彙」の勉強のポイント

<漢字読み>

　漢字で書かれた言葉の読み方を選びます。ひらがなの表記を選びますから、ひらがなでどのように書くかをきちんと知っていなければなりません。特に、次のような読み方は間違えやすいので、注意しましょう。

1．長い音と短い音：例（商店）しょうてん／（書店）しょてん　（登場）とうじょう／（登山）とざん　（夫婦）ふうふ／（夫人）ふじん　（理由）りゆう／（経由）けいゆ

2．清音と濁音：例（大使）たいし／（大工）だいく　（酒屋）さかや／（居酒屋）いざかや

3．促音への変化：例（発明）はつめい／（発表）はっぴょう

4．半濁音への変化：例（発電）はつでん／（出発）しゅっぱつ

5．読み方がたくさんある漢字：例「日」（日、日曜、休日、二日）

　　　　　　　　　　　　　　　　　「下」（下、下流、上下、下りる、下る、下がる）

6．例外的な読み方の言葉：例「素人」「都合」「気配」「作法」「風向き」「雨戸」

<表記（漢字）>

　ひらがなで書かれた語を漢字でどのように書くか、正しい漢字を選びます。試験では漢字を選ぶだけですが、漢字の書き方は、いつも紙にペンで書いて覚えるようにしましょう。そうしないと正確に覚えることができません。特に、次のような例は間違えやすいので、注意が必要です。

1．形が似ている漢字：例「若／苦」「何／向」「母／毎」「開／閉」

2．偏や旁が同じ漢字：例「両親／新聞」「効果／郊外」「講義／構成」「健康／建築」

3．同音異義語：例「きかい　機会／機械」「じしん　自信／自身／地震」「かてい　家庭

／課程／過程／仮定」「しめる 閉める／占める／湿る」「うつす 写す／映す／移す」

<語形成>（p.52～54に、よりくわしいリストがあります）

　派生語や複合語、つまり、2つ以上の語が1つになった言葉の問題です。

派生語の例：<名～>　名案、名選手、名演技、名場面

　　　　　　<再～>　再発見、再出発、再評価、再検討

　　　　　　<無～>　無意識、無関係、無理解、無関心、無差別、無意味

　　　　　　<～化>　少子化、高齢化、温暖化

　　　　　　<～性>　可能性、危険性、安全性

複合動詞の例：<～回る>　飛び回る、歩き回る、探し回る、逃げ回る

　　　　　　　<～上がる>でき上がる、作り上げる、晴れ上がる

　　　　　　　<～直す>　見直す、やり直す、出直す

<文脈規定>

　文の意味を推測して、それに合う言葉を選びます。語彙の問題としては標準的な問題です。（　　　）に入る言葉を探すのはクイズ的な面白さもありますが、4つの選択肢には、意味や音や漢字が似ている言葉が並んでいますから、注意しないと間違えてしまいます。

<言い換え類義>

　文中の下線で示された言葉と同じ意味、近い意味の言葉を選びます。示された言葉と選択肢の言葉と、両方の意味を知っていれば答えることができます。語彙の勉強では、単語カードや単語ノートを作って言葉を覚える人が多いですが、単語の意味を自国語に置き換えるだけでなく、別の日本語で置き換えて覚えるのも良い方法です。こうすれば、一度に2つ、3つの単語が覚えられて、語彙を増やすのに効果的です。

<用法>

　下線のついた言葉が適切に使われている文を選びます。語彙の問題ですから、文法的な適切さではなく、意味的に適切かどうかを判断します。この問題は単語の意味を知っているだけではなく、文の中でどのように使われるかを知らないと答えられません。ですから、単語の意味を暗記するだけではだめで、文で覚えるのが良い勉強法です。覚えやすい例文を選んで、その文全体を覚えましょう。例えば「手間」なら、「この仕事は手間がかかる」という文を覚えます。カタカナの言葉も出題されますが、外来語でも日本語としての使い方を知っておかなければなりません。

序言

◇本書的構成

練習題

＜漢字讀法＞ 75 題：5 題 ×15 回

＜書寫（漢字書寫）＞ 75 題：5 題 ×15 回

＜詞語形成＞ 50 題：5 題 ×10 回

＜上下文的連貫性規則＞ 105 題：7 題 ×15 回

＜替換近義詞＞ 50 題：5 題 ×10 回

＜用法＞ 50 題：5 題 ×10 回

正確答案・解說

◇本書的特徵和用法

①練習題多

為了使準備應試新"日本語能力試驗"的學習者掌握 N2"文字語彙"，本書收入了大量的練習題。從 N2 程度的漢字（1000 字以上），詞彙（6000 詞語以上）的範圍中，選擇了在考試中容易出現的重要部分。

漢字和語彙的知識是日語學習的基礎。如果能增強文字語彙的能力，文法、閱讀和理解的得分也必定會提高。雖然文字語彙的學習很容易變得單調，但是一邊做練習題一邊記憶的話，總比就這樣死記硬背學起來有趣得多。及格的捷徑，就是大量地做習題。請認真學習這本書，向合格的目標邁進。

②每回都能循序漸進地向前發展

為了循序漸進地向前發展，本書共 6 個問題，各分為 10 回到 15 回。從哪裡開始做都可以，每回都可以在當頁上的得分欄中填入分數，測試現在的能力。全部做完後，再回到第 1 回，再挑戰一次。做錯的練習題請做一下記號，再做的時候不要再錯，這很重要。為了重複練習，請不要直接把答案寫在書上。

③附有詳細的解說

在〔正解・解說〕裡有正確答案和練習題的解說。（語句的翻譯，提示和解題方法。）如果你是不太喜歡學習的人，只要核對正確答案，然後讀一下自己答錯的練習題的解說就可以了。如果你是喜歡學習的人，即使你答對了，但卻沒有把握的練習題，也請一定仔細地讀一下解說。透過讀解說，會提高你的能力。

④單字表、較難的說明都附有翻譯

在〔正解・解說〕中，單字表附有翻譯，詞語的意思一目了然。在解說中，比較困難的日語解說附有中文翻譯，說明也淺顯易懂。

◇N2"文字語彙"的學習要點

＜漢字讀法＞

選擇漢字詞語的讀法。因為是用平假名書寫的，必須確切地掌握其平假名的寫法。特別是下面的詞語的讀法容易出錯，請注意。

1. 長音和短音：例如　（商店）しょうてん／（書店）しょてん　（登場）とうじょう／（登山）とざん　（夫婦）ふうふ／（夫人）ふじん　（理由）りゆう／（経由）けいゆ

2. 清音和濁音：例如　（大使）たいし／（大工）だいく　　（酒屋）さかや／（居酒屋）いざかや
3. 促音的變化：例如　（発明）はつめい／（発表）はっぴょう
4. 變成半濁音時：例如　（発電）はつでん／（出発）しゅっぱつ
5. 有很多讀法的漢字：例如「日」(日、日曜、休日、二日)
　　　　　　　　　　　　　「下」(下、下流、上下、下りる、下る、下がる)
6. 讀法例外的詞語：例如　「素人」「都合」「気配」「作法」「風向き」「雨戸」

< 書寫（漢字讀寫）>
　　用平假名寫的詞語，怎樣用漢字書寫，選擇正確的漢字。雖然在考試時只是選擇漢字，但是請經常在紙上用筆書寫，這樣才能記住。特別是以下的例子是很容易出錯的，請注意。
1. 形狀相似的漢字：例如「若／苦」「何／向」「母／毎」「開／閉」
2. 偏旁相同的漢字：例如「両親／新聞」「効果／郊外」「講義／構成」「健康／建築」
3. 同音異議詞：例如「きかい　機会／機械」「じしん　自信／自身／地震」「かてい　家庭／課程／過程／仮定」「しめる　閉める／占める／湿る」「うつす　写す／映す／移す」

< 詞語形成 > 在第 52 頁到 54 頁，有更詳細的目錄 (一覽表)。
　　派生詞，複合詞等兩個詞變成一個詞語的練習題。
派生詞的例子：<名～>　名案、名選手、名演技、名場面
　　　　　　　<再～>　再発見、再出発、再評価、再検討
　　　　　　　<無～>　無意識、無関係、無理解、無関心、無差別、無意味
　　　　　　　<～化>　少子化、高齢化、温暖化
　　　　　　　<～性>　可能性、危険性、安全性
複合詞的例子：<～回る>　飛び回る、歩き回る、探し回る、逃げ回る
　　　　　　　<～上がる>でき上がる、作り上げる、晴れ上がる
　　　　　　　<～直す>　見直す、やり直す、出直す

< 上下文的連貫性規則 >
　　推測文章的意思，選擇合適的詞語。作為語彙的練習題，是標準的習題。尋找填入（　　　　）的詞語時，雖然有像猜謎一樣有趣的一面，但在 4 個選擇項目中，排列著意思、讀音和漢字相近的詞語，如果不注意的話很容易出錯。

< 替換近義詞 >
　　選擇與文中畫下線的語詞意思相同或近似的語詞。如果同時知道畫下線的語詞和被選擇的語詞的意思，那麼就能正確回答。在學習語彙時，很多人製作單字卡，單字本來記住單字。不只是用自己國家的語言來記住單字，而是用其他的日語詞語來解釋單字也是一種很好的記憶方式。如果這樣做的話，一次能記住 2，3 個單字，有增加詞彙量的效果。

< 用法 >
　　選擇畫有下線的詞語被正確使用的語句。因為這是語彙的練習題，所以並不是選擇文法是否合適，而是判斷文的意思是否貼切。在這個練習題中，不只是要知道單字的意思，而且要知道如何在文中使用，如果不知道，就無法回答。所以，不只是要記住單字的意思，記住整個語句才是好的學習法。選擇容易記住的語句，記住整個句子。例如：要記住「手間」這個單字，最好記住「この仕事は手間がかかる」這個句子。也會出片假名的題目，即使是外來語，也須記住在日語中的用法。

目次

文字

日付	／	／	／
得点	／5	／5	／5

_____の言葉の読み方として最もよいものを、1・2・3・4から一つ選びなさい。

【1】 彼女は、いつか舞台の女優になることを夢見ている。

    1　ふたい　　　　2　ぶたい　　　　3　ふだい　　　　4　ぶだい

【2】 傘が自分のものとわかるように、赤いリボンをつけて目印にした。

    1　もくしるし　　2　もくじるし　　3　めしるし　　　4　めじるし

【3】 家具などの大きな荷物は、時間はかかるが船便で送ったほうが安い。

    1　ふねびん　　　2　ふなびん　　　3　ふねべん　　　4　ふなべん

【4】 私は山に囲まれた静かな町で育った。

    1　かこまれた　　2　はさまれた　　3　つつまれた　　4　のぞまれた

【5】 横断歩道を渡るときは、左右をよく見て渡りましょう。

    1　さゆう　　　　2　さう　　　　　3　ひだりみぎ　　4　みぎひだり

第2回
漢字読み

_____の言葉の読み方として最もよいものを、1・2・3・4から一つ選びなさい。

【6】 日本では夫婦そろってパーティーに出ることは少ない。

1 ふうふう 　　 2 ふうふ 　　 3 ふふう 　　 4 ふふ

【7】 コピーが上下逆さになってしまった。

1 さかさ 　　 2 ざかさ 　　 3 さがさ 　　 4 ざがさ

【8】 クラスのみんなが敵と味方に分かれてゲームをした。

1 みぼう 　　 2 みほう 　　 3 みがた 　　 4 みかた

【9】 池の水面に木の葉が何枚か浮いていた。

1 ういて 　　 2 かたむいて 　　 3 ないて 　　 4 つづいて

【10】 山本氏は豊富な経験が認められて、日本代表チームの監督に選ばれた。

1 ほふ 　　 2 ほうふ 　　 3 ほぷ 　　 4 ほうぷ

日付	／	／	／
得点	／5	／5	／5

_____の言葉の読み方として最もよいものを、1・2・3・4から一つ選びなさい。

【11】 朝晩、涼しい風が吹いて、秋の気配が感じられるようになった。

1　きはい　　　　2　きばい　　　　3　けはい　　　　4　けばい

【12】 立場によって物の見方も変わってくる。

1　たつば　　　　2　たてば　　　　3　たちば　　　　4　りつば

【13】 一万円札しかなかったので、駅の売店で両替してもらった。

1　りょうがえ　　2　りょうだい　　3　こうかん　　　4　こうたい

【14】 このクラスでは月に1回、生徒の身長と体重を測定している。

1　そくてい　　　2　そくじょう　　3　はんてい　　　4　はんじょう

【15】 昔この町は港町として栄えていた。

1　さかえて　　　2　はんえて　　　3　えいえて　　　4　はえて

日付	／	／	／
得点	／5	／5	／5

_____の言葉の読み方として最もよいものを、1・2・3・4から一つ選びなさい。

【16】 兄はイタリア料理のレストランを営んでいる。

　　　1　いどんで　　　2　いとなんで　　3　とんで　　　　4　くんで

【17】 本当のことを言ったのに、嘘ではないかと疑われた。

　　　1　きらわれた　　2　さそわれた　　3　うたがわれた　4　まちがわれた

【18】 支度ができ次第、出発しましょう。

　　　1　しど　　　　　2　したく　　　　3　したび　　　　4　しんど

【19】 この電話機は操作が簡単で、使いやすい。

　　　1　そうさく　　　2　そうさ　　　　3　ぞうさく　　　4　ぞうつく

【20】 旅行の荷物は少ないほうが楽だ。

　　　1　にぶつ　　　　2　かぶつ　　　　3　にもつ　　　　4　かもつ

日付	／	／	／
得点	／5	／5	／5

_____の言葉の読み方として最もよいものを、1・2・3・4から一つ選びなさい。

【21】 駅の階段から落ちて、足を骨折してしまった。

　　　1　ほねおり　　　2　こつおり　　　3　こっせつ　　　4　こっき

【22】 癌が日本人の死亡理由の第一位を占めている。

　　　1　せめて　　　2　とめて　　　3　しめて　　　4　きめて

【23】 胃の調子が悪いので、薬を飲んだ。

　　　1　のど　　　2　い　　　3　かた　　　4　ちょう

【24】 くわしいことは改めてご連絡させていただきます。

　　　1　あきらめて　　　2　あらためて　　　3　すすめて　　　4　つめて

【25】 隣の人が留守の間、子どもを預かって面倒をみることになった。

　　　1　めんとう　　　2　めんどう　　　3　おもとう　　　4　おもどう

第6回
漢字読み

日付	／	／	／
得点	／5	／5	／5

_____の言葉の読み方として最もよいものを、1・2・3・4から一つ選びなさい。

【26】 地震によって数千もの家屋が倒れた。

　　　1　いえや　　　　2　いえいえ　　　3　かや　　　　4　かおく

【27】 ドアに指を挟まないように気をつけてください。

　　　1　つままない　　2　せまない　　　3　こまない　　4　はさまない

【28】 秋は多くの作物が実る季節である。

　　　1　さくもの　　　2　さくもつ　　　3　さくぶつ　　4　さもつ

【29】 正方形の4つの辺の長さは等しい。

　　　1　とぼしい　　　2　ちかしい　　　3　ひとしい　　4　したしい

【30】 犬は利口な動物です。

　　　1　りく　　　　　2　りこう　　　　3　きく　　　　4　きこう

日付	／	／	／
得点	／5	／5	／5

_____の言葉の読み方として最もよいものを、1・2・3・4から一つ選びなさい。

【31】 彼はいつも派手な色のネクタイをしている。

    1　はて　　　　　　2　はで　　　　　　3　ぱしゅ　　　　4　はしゅ

【32】 不景気で、会社の経営状況は悪化する一方だ。

    1　じょきょう　　2　じょうきょう　3　じょうきょ　　4　じょきょ

【33】 私のうちでは庭の芝生の手入れは主人の仕事だ。

    1　しせい　　　　2　じせい　　　　3　しばい　　　　4　しばふ

【34】 この番組について率直な感想をお聞かせください。

    1　りつちょく　　2　そっちょく　　3　りっちょく　　4　そつちょく

【35】 試合中、コーチが選手に向かって手を振り、合図を送った。

    1　あいと　　　　2　あいず　　　　3　あず　　　　　4　ごうず

第8回	日付	／	／	／
漢字読み	得点	／5	／5	／5

＿＿＿＿＿の言葉の読み方として最もよいものを、1・2・3・4から一つ選びなさい。

【36】 私は人込みが苦手なので、休日は家にいることが多い。

1　じんこみ　　　2　じんごみ　　　3　ひとこみ　　　4　ひとごみ

【37】 「世界」は広いが、「世間」はそれほど広くない。

1　よかん　　　2　せかん　　　3　よげん　　　4　せけん

【38】 都合が悪い場合はお電話ください。

1　つごう　　　2　つこう　　　3　つうごう　　　4　つうこう

【39】 どんな動物でも、親は必死で子どもの命を守ろうとするものだ。

1　めい　　　2　いのち　　　3　からだ　　　4　こころ

【40】 料理学校で習った料理を早速家で作ってみた。

1　ろうそく　　　2　はやそく　　　3　はやばや　　　4　さっそく

漢字読み

＿＿＿＿＿＿の言葉の読み方として最もよいものを、1・2・3・4から一つ選びなさい。

【41】 ただの石のようだが、磨けば美しい宝石になるかもしれない。

1　まけば　　　　2　ひっかけば　　3　すけば　　　　4　みがけば

【42】 川に落ちた子どもを救うために、1人の男性が川に飛び込んだ。

1　すくう　　　　2　かこう　　　　3　いこう　　　　4　つどう

【43】 祖父はこの町でいちばん腕のいい大工だった。

1　おおこう　　　2　だいく　　　　3　たいく　　　　4　たいこう

【44】 この雑誌は主に20代の若者に読まれている。

1　とくに　　　　2　しゅに　　　　3　おもに　　　　4　ぬしに

【45】 来週、大阪支社へ出張します。
　　　　　　　おおさか

1　しゅちょ　　　2　しゅちょう　　3　しゅっちょ　　4　しゅっちょう

漢字読み

表記

語形成

文脈規定

書い換え類義

用法

日付	／	／	／
得点	／5	／5	／5

_____の言葉の読み方として最もよいものを、1・2・3・4から一つ選びなさい。

【46】 電話で取引先（とりひきさき）に商品の追加（ついか）を依頼した。

1 いしき　　　　2 いどう　　　　3 いらい　　　　4 いけん

【47】 ちょっとの油断が原因で試合に負けてしまった。

1 ゆうだん　　　2 ゆだん　　　　3 ゆうたん　　　4 ゆたん

【48】 公園の木の葉が枯れて、落ち葉が散っている。

1 これて　　　　2 かれて　　　　3 すれて　　　　4 はれて

【49】 2月11日は国民の祝日ですから、休みです。

1 しゅくび　　　2 しゅくにち　　3 しゅくひ　　　4 しゅくじつ

【50】 先週、日本の首相が中国を訪問した。

1 しゅそう　　　2 しゅしょう　　3 しゅうしょ　　4 しゅうし

日付	／	／	／
得点	／5	／5	／5

_____の言葉の読み方として最もよいものを、1・2・3・4から一つ選びなさい。

【51】 警官が鋭い目でこちらをにらんでいる。

    1　きびしい　　　2　きつい　　　　3　するどい　　　4　にぶい

【52】 最近雨が続いているせいで、空気がすっかり湿っている。

    1　しめって　　　2　しつって　　　3　くもって　　　4　こおって

【53】 昨日、偶然デパートで高校時代の先生にお会いした。

    1　くぜん　　　　2　ぐぜん　　　　3　くうぜん　　　4　ぐうぜん

【54】 試合は2対2で勝負がつかず、結局引き分けた。

    1　しょうぶ　　　2　しょうぶう　　3　しょぶう　　　4　しょうふ

【55】 冷たいビールをコップに注いだ。

    1　さわいだ　　　2　ささいだ　　　3　ふせいだ　　　4　そそいだ

日付	／	／	／
得点	／5	／5	／5

_____の言葉の読み方として最もよいものを、1・2・3・4から一つ選びなさい。

【56】 先生に入学試験の面接の指導をお願いした。

1 しどう　　　2 しとう　　　3 しみち　　　4 さみち

【57】 大きなミスをして会社に損害を与えてしまった。

1 いんがい　　2 ひがい　　　3 りがい　　　4 そんがい

【58】 地震による火事で、建物は炎に包まれた。

1 ひ　　　　　2 ねん　　　　3 ほのお　　　4 えん

【59】 日本チームは初戦に勝ち、勢いに乗った。

1 あらそい　　2 いきおい　　3 たたかい　　4 きそい

【60】 海ガメは、卵を産むとき陸に上がってくる。

1 つち　　　　2 すな　　　　3 りく　　　　4 とち

日付	／	／	／
得点	／5	／5	／5

_____の言葉の読み方として最もよいものを、1・2・3・4から一つ選びなさい。

【61】 花壇に春の花の種をまこう。

   1 しゅ 　　　　 2 なえ 　　　　 3 いね 　　　　 4 たね

【62】 この薬は皮膚が弱い人でも安心して使える。

   1 はだ 　　　　 2 ひふ 　　　　 3 かわふ 　　　　 4 つめ

【63】 彼は歴史に残る偉大な芸術家だ。

   1 きょだい 　　 2 ぼうだい 　　 3 いだい 　　　 4 ただい

【64】 彼は5年前の事件のあと、ずっと行方がわからない。

   1 いきかた 　　 2 ゆくえ 　　　 3 こうほう 　　　 4 ぎょうがた

【65】 神様、どうぞ私の罪をお許しください。

   1 ざい 　　　　 2 がい 　　　　 3 つみ 　　　　 4 つめ

第14回

漢字読み

_____の言葉の読み方として最もよいものを、1・2・3・4から一つ選びなさい。

【66】 仕事を<u>一通り</u>覚えるのに、2週間はかかるだろう。

　　　 1　ひととおり　　　2　いちどおり　　　3　ひとどおり　　　4　いちとおり

【67】 世界には、民族同士の<u>争い</u>が絶えない地域がある。

　　　 1　あらそい　　　2　たたかい　　　3　きそい　　　4　うたがい

【68】 魚は、まず<u>蒸して</u>から、味をつけます。

　　　 1　ねっして　　　2　むして　　　3　とかして　　　4　さまして

【69】 この部屋から見える<u>景色</u>はすばらしい。

　　　 1　けいしき　　　2　けしき　　　3　けいしょく　　　4　けしょく

【70】 お菓子の箱があったので開けてみたら、<u>空</u>だった。

　　　 1　そら　　　2　くう　　　3　から　　　4　あき

日付	／	／	／
得点	／5	／5	／5

_____の言葉の読み方として最もよいものを、1・2・3・4から一つ選びなさい。

【71】 アパートの上の階の<u>物音</u>がうるさくて、よく眠れない。

1 ぶつおん　　　2 ものおん　　　3 ものおと　　　4 ぶつおと

【72】 庭に桜の木を植えようと、大きい穴を<u>掘った</u>。

1 やぶった　　　2 くばった　　　3 つくった　　　4 ほった

【73】 私は、娘を殺した犯人を<u>憎んで</u>いる。

1 うらんで　　　2 くやんで　　　3 なやんで　　　4 にくんで

【74】 <u>木綿</u>のシャツは汗をよく吸収する。

1 きわた　　　2 もくわた　　　3 きめん　　　4 もめん

【75】 私は高い所に登ると<u>恐怖</u>を感じる。

1 きょうふ　　　2 きょふう　　　3 きょうふう　　　4 きょっふ

第1回
表記（漢字）

_____の言葉を漢字で書くとき、最もよいものを、1・2・3・4から一つ選びなさい。

【1】 今日から私がこの仕事を<u>たんとう</u>することになりました。

    1 担党   2 担当   3 担統   4 担答

【2】 高価な品ですから落とさないように大切に<u>あつかって</u>ください。

    1 操って   2 扱って   3 払って   4 技って

【3】 <u>こおった</u>湖の上でスケートをしている人がいる。

    1 氷った   2 凍った   3 冷った   4 滑った

【4】 強い風で、さしていたかさが<u>おれて</u>しまった。

    1 折れて   2 割れて   3 壊れて   4 倒れて

【5】 富士山の頂上には、直径 220 メートルほどの<u>かこう</u>がある。

    1 加工   2 河口   3 火口   4 下降

表記（漢字）

＿＿＿＿＿の言葉を漢字で書くとき、最もよいものを、1・2・3・4から一つ選びなさい。

【6】 日本語の敬語の使い方はふくざつだ。

1 複雑　　　2 腹雑　　　3 復雑　　　4 服雑

【7】 彼はこの会社にかくことのできない人材だ。

1 吹く　　　2 欠く　　　3 決く　　　4 次く

【8】 このアパートは少し狭いのですが、かいてきです。

1 快滴　　　2 快適　　　3 快摘　　　4 快敵

【9】 結婚するので、会社をやめた。

1 退めた　　　2 絶めた　　　3 止めた　　　4 辞めた

【10】 今日は寒いので、もう1枚ふとんがほしい。

1 不団　　　2 夫団　　　3 布団　　　4 付団

＿＿＿＿＿の言葉を漢字で書くとき、最もよいものを、1・2・3・4から一つ選びなさい。

【11】 憲法の<u>かいせい</u>をめぐって、はげしい議論が行われた。

　　　 1　改成　　　　　 2　改制　　　　　 3　改正　　　　　 4　改製

【12】 古い写真を見ながら、楽しかった<u>むかし</u>の思い出を振り返った。

　　　 1　昔　　　　　 2　散　　　　　 3　借　　　　　 4　惜

【13】 <u>こい</u>コーヒーは、あまり飲みません。

　　　 1　苦い　　　　　 2　辛い　　　　　 3　濃い　　　　　 4　薄い

【14】 あの美術館には、世界的に有名な<u>かいが</u>がたくさんある。

　　　 1　貝画　　　　　 2　会画　　　　　 3　絵画　　　　　 4　回画

【15】 このお茶は<u>かおり</u>がいいですね。

　　　 1　委り　　　　　 2　香り　　　　　 3　普り　　　　　 4　暮り

漢字読み　表記　語形成　文脈規定　言い換え類義　用法

＿＿＿＿＿＿の言葉を漢字で書くとき、最もよいものを、1・2・3・4から一つ選びなさい。

【16】 プレゼントはきれいな紙で<u>つつんで</u>あった。

1 包んで 2 抱んで 3 危んで 4 己んで

【17】 あ、それは<ruby>壊<rt>こわ</rt></ruby>れやすいので、<u>さわらないで</u>ください。

1 解らないで 2 探らないで 3 触らないで 4 深らないで

【18】 植物は根から水分を<u>きゅうしゅう</u>する。

1 吸拾 2 吸集 3 吸収 4 吸取

【19】 彼女は<u>いし</u>が強い人だ。言ったことは必ず実行する。

1 意念 2 意恩 3 意忘 4 意志

【20】 この川は<u>あさい</u>けれど、流れは速い。

1 痛い 2 浅い 3 遅い 4 深い

_____の言葉を漢字で書くとき、最もよいものを、1・2・3・4から一つ選びなさい。

【21】 パソコンを修理するより、新しいものを買うほうが<u>とく</u>だと言われた。

　　1　特　　　　　　2　得　　　　　　3　徳　　　　　　4　利

【22】 けがをした小鳥を世話していたが、けがが治ったので<u>はなして</u>やった。

　　1　話して　　　　2　放して　　　　3　逃して　　　　4　離して

【23】 このアルバイトは交通費が<u>しきゅう</u>される。

　　1　至急　　　　　2　至給　　　　　3　支急　　　　　4　支給

【24】 この植物には水を十分に<u>あたえて</u>ください。

　　1　考えて　　　　2　写えて　　　　3　汚えて　　　　4　与えて

【25】 <u>はんざい</u>のない安全な町をみんなで作っていきましょう。

　　1　犯材　　　　　2　犯罪　　　　　3　反材　　　　　4　反罪

日付	／	／	／
得点	／5	／5	／5

_____の言葉を漢字で書くとき、最もよいものを、1・2・3・4から一つ選びなさい。

【26】　サッカーは最後の１分まで<u>しょうぶ</u>がわからない。

　　　　1　勝負　　　　　2　勝敗　　　　　3　将負　　　　　4　将武

【27】　母の日に、母への感謝の気持ちを込めて花束を<u>おくった</u>。

　　　　1　憎った　　　　2　贈った　　　　3　増った　　　　4　噌った

【28】　ダイエットを始めて２週間たつが、何の<u>こうか</u>も出ていない。

　　　　1　郊課　　　　　2　効課　　　　　3　効果　　　　　4　郊果

【29】　今朝、駅で転んでしまい、<u>はずかしい</u>思いをした。

　　　　1　聴ずかしい　　2　恥ずかしい　　3　忘ずかしい　　4　念ずかしい

【30】　彼がなぜ突然会社をやめてしまったのか、<u>けんとう</u>がつかない。

　　　　1　検討　　　　　2　見当　　　　　3　健闘　　　　　4　研等

漢字読み

表記

語形成

文脈規定

書い換え類義

用法

30

第7回

表記（漢字）

日付	／	／	／
得点	／5	／5	／5

_____の言葉を漢字で書くとき、最もよいものを、1・2・3・4から一つ選びなさい。

【31】 彼は私たちの<u>きたい</u>どおりの活躍をしてくれた。

　　　　1　期体　　　　　2　気待　　　　　3　期待　　　　　4　気体

【32】 あいまいな表現を使ったために、相手に<u>ごかい</u>を与えてしまった。

　　　　1　後解　　　　　2　御解　　　　　3　誤解　　　　　4　語解

【33】 息子は、幼稚園に行き始めてから、<u>にくらしい</u>ことを言うようになった。

　　　　1　憎らしい　　　2　増らしい　　　3　贈らしい　　　4　僧らしい

【34】 このいすはじゃまですから、部屋の隅に<u>いどう</u>しましょう。

　　　　1　異動　　　　　2　異同　　　　　3　移同　　　　　4　移動

【35】 私は神の<u>そんざい</u>を信じている。

　　　　1　存在　　　　　2　尊在　　　　　3　存材　　　　　4　尊在

表記（漢字）

　　　　　　　　の言葉を漢字で書くとき、最もよいものを、1・2・3・4から一つ選びなさい。

【36】　子供は、ふかいところでは泳がないように。

　　　　1　清い　　　　　　2　流い　　　　　　3　深い　　　　　　4　浅い

【37】　朝1時間早く起きることにしたら、仕事ののうりつが上がった。

　　　　1　態卒　　　　　2　能卒　　　　　3　能率　　　　　4　態率

【38】　その案は、賛成多数でかけつされた。

　　　　1　可決　　　　　2　加決　　　　　3　加結　　　　　4　可結

【39】　子どもはいろいろな経験をかさねて成長していく。

　　　　1　積ねて　　　　2　重ねて　　　　3　傘ねて　　　　4　加ねて

【40】　学校へ行くとちゅうで偶然高校の先生に会った。

　　　　1　徒中　　　　　2　都中　　　　　3　途中　　　　　4　戸中

表記（漢字）

＿＿＿＿＿の言葉を漢字で書くとき、最もよいものを、1・2・3・4から一つ選びなさい。

【41】 赤の絵の具と白の絵の具を<u>まぜる</u>と、ピンクになる。

　　　　1　込ぜる　　　　2　合ぜる　　　　3　組ぜる　　　　4　混ぜる

【42】 説明の不足をどうやって<u>おぎなえば</u>いいのか。

　　　　1　補えば　　　　2　捕えば　　　　3　浦えば　　　　4　舗えば

【43】 スカートを作ろうと思って<u>きじ</u>を買った。

　　　　1　木自　　　　2　木次　　　　3　生事　　　　4　生地

【44】 しばらく掃除を<u>さぼったら</u>、部屋の<u>すみ</u>にほこりがたまってしまった。

　　　　1　遇　　　　2　隅　　　　3　偶　　　　4　寓

【45】 明日は昼食を<u>じさん</u>してください。

　　　　1　持参　　　　2　自参　　　　3　持散　　　　4　自散

表記（漢字）

＿＿＿＿＿＿の言葉を漢字で書くとき、最もよいものを、1・2・3・4から一つ選びなさい。

【46】 この携帯電話には、いくつかの新しいきのうが加えられている。

　1　基能　　　　2　機脳　　　　3　機能　　　　4　基脳

【47】 その事件は人々のちゅうもくを集めている。

　1　中目　　　　2　注耳　　　　3　中耳　　　　4　注目

【48】 チョークのこなは、吸うと体に良くないと言われている。

　1　料　　　　2　粉　　　　3　粒　　　　4　紛

【49】 ニュースで新しい総理だいじんが決まったことを知った。

　1　代人　　　　2　大臣　　　　3　大人　　　　4　代臣

【50】 このゲームはたんじゅんだが、おもしろい。

　1　単純　　　　2　短順　　　　3　単順　　　　4　短純

漢字読み

表記

語形成

文脈規定

言い換え類義

用法

表記（漢字）

日付	／	／	／
得点	／5	／5	／5

＿＿＿＿＿の言葉を漢字で書くとき、最もよいものを、1・2・3・4から一つ選びなさい。

【51】 この道は、<u>はば</u>が狭いので車を<u>止</u>めることができない。

1　幅　　　　　2　福　　　　　3　富　　　　　4　副

【52】 <u>みなと</u>に船がたくさんとまっている。

1　港　　　　　2　池　　　　　3　浜　　　　　4　湾

【53】 彼の意見にはどうしても<u>さんせい</u>できない。

1　算制　　　　2　参成　　　　3　賛成　　　　4　産制

【54】 今日は雨の降る<u>かくりつ</u>が高い。

1　各率　　　　2　角率　　　　3　確率　　　　4　格率

【55】 重い荷物を運んでいたら、<u>うで</u>が痛くなった。

1　胸　　　　　2　腕　　　　　3　肌　　　　　4　脂

日付	／	／	／
得点	／5	／5	／5

_____ の言葉を漢字で書くとき、最もよいものを、1・2・3・4から一つ選びなさい。

【56】 どんなことも、まずやってみようという<u>せいしん</u>が大事だ。

1 静心 2 精神 3 静神 4 精心

【57】 ごみの<u>しょり</u>にはお金がかかる。

1 処理 2 初利 3 書里 4 所離

【58】 みんな同じコップを使いますから、自分のコップに<u>しるし</u>をつけてください。

1 標 2 判 3 記 4 印

【59】 今日の夜、テレビでサッカーの<u>しあい</u>を放送します。

1 試会 2 試合 3 仕合 4 仕会

【60】 私の趣味はお<u>かし</u>を作ることです。

1 菓子 2 果子 3 菓支 4 果支

＿＿＿＿＿の言葉を漢字で書くとき、最もよいものを、1・2・3・4から一つ選びなさい。

【61】 彼は 37 歳のとき、初めて小説をあらわした。

1 表した 　　　 2 現した 　　　 3 荒した 　　　 4 著した

【62】 父の財産を兄と私で半分ずつそうぞくした。

1 想続 　　　 2 総続 　　　 3 相続 　　　 4 送続

【63】 大雨でサッカーの決勝戦はえんきされることになった。

1 延機 　　　 2 延起 　　　 3 延期 　　　 4 延季

【64】 現場から犯人のものと思われる足あとが発見された。

1 距 　　　 2 跡 　　　 3 路 　　　 4 蹟

【65】 このゲームは非常に集中力がいる。

1 意る 　　　 2 要る 　　　 3 居る 　　　 4 委る

表記（漢字）

日付	／	／	／
得点	／5	／5	／5

＿＿＿＿＿＿の言葉を漢字で書くとき、最もよいものを、1・2・3・4から一つ選びなさい。

【66】　税金の支払いは期限までに必ずすませること。

1　清ませる　　　2　住ませる　　　3　済ませる　　　4　澄ませる

【67】　冬になるとみずうみの水面が凍ってスケートができる。

1　湖　　　　　　2　河　　　　　　3　港　　　　　　4　池

【68】　火山が噴火し、山のふもとの町がはいをかぶった。

1　圧　　　　　　2　反　　　　　　3　灰　　　　　　4　原

【69】　限りある資源をゆうこうに使うことが、今後の課題である。

1　有郊　　　　　2　有講　　　　　3　有構　　　　　4　有効

【70】　町の中のゴミをひろうボランティアに参加した。

1　拡う　　　　　2　披う　　　　　3　拾う　　　　　4　給う

_____の言葉を漢字で書くとき、最もよいものを、1・2・3・4から一つ選びなさい。

【71】 地震で多くの家が<u>かたむいた</u>。

1 倒いた   2 斜いた   3 曲いた   4 傾いた

【72】 5月は木々の<u>みどり</u>が美しい季節です。

1 絵   2 緑   3 級   4 縁

【73】 箱の<u>うら</u>にこの商品の製造日が書いてあります。

1 奥   2 裏   3 表   4 袋

【74】 今夜は<u>おきゃく</u>が来るから、部屋を片づけよう。

1 各   2 絡   3 格   4 客

【75】 親には、子供を育てる<u>せきにん</u>がある。

1 青任   2 責任   3 積任   4 績任

語　彙

語形成

（　　　）に入れるのに最もよいものを、1・2・3・4から一つ選びなさい。

【1】　会議で3時間も話し合ったが、結局だれにも（　　　）案が浮かばなかった。

　　　1　明　　　　　　2　特　　　　　　3　発　　　　　　4　名

【2】　この4月に息子は中学生になり、張り（　　　）勉強している。

　　　1　付けて　　　　2　かけて　　　　3　切って　　　4　出して

【3】　山田選手は今年のサッカー大会の（　　　）優秀選手に選ばれた。

　　　1　高　　　　　2　最　　　　　　3　第　　　　　　4　大

【4】　木村君はだれにもやさしい（　　　）人物で、社内の人気者だ。

　　　1　優　　　　　2　良　　　　　　3　好　　　　　　4　高

【5】　健康に良いということで、日本食が再（　　　）されている。

　　　1　発見　　　　2　検討　　　　　3　出発　　　　　4　評価

第2回

語 形 成

日付	／	／	／
得点	／5	／5	／5

（　　　　　）に入れるのに最もよいものを、1・2・3・4から一つ選びなさい。

【6】 飛行機の出発が遅れたのは、（　　　　）天候のためだった。

　　　　1　雨　　　　　　2　雲　　　　　　3　難　　　　　　4　悪

【7】 野菜がきらいな娘に野菜を食べさせる良い方法を思い（　　　　）。

　　　　1　出た　　　　2　出した　　　　3　おこした　　　4　ついた

【8】 あの学生は遊んでばかりいるから、大学に合格する可能（　　　）はゼロに近い。

　　　　1　性　　　　　　2　的　　　　　　3　感　　　　　　4　製

【9】 母は（　　　　）公平がないように子供たちにお菓子を分けた。

　　　　1　未　　　　　　2　非　　　　　　3　低　　　　　　4　不

【10】 そんなことをしたら（　　　　）効果だ。かえって悪くなる。

　　　　1　逆　　　　　　2　悪　　　　　　3　反　　　　　　4　無

語 形 成

（　　　　　）に入れるのに最もよいものを、1・2・3・4から一つ選びなさい。

【11】　一部の学生はその問題に興味を示さず、ほとんど（　　　　）関心だった。

　　　　1　非　　　　　　2　未　　　　　　3　無　　　　　　4　不

【12】　一生懸命走ったら、私より5分早く家を出た弟に信号で追い（　　　　）。

　　　　1　あった　　　　2　ついた　　　　3　かけた　　　　4　みえた

【13】　A社の（　　　　）年度の売り上げは過去最高になると予想されている。

　　　　1　現　　　　　　2　後　　　　　　3　今　　　　　　4　未

【14】　料金は郵便局か銀行で払い（　　　　）ください。

　　　　1　込んで　　　　2　出して　　　　3　入れて　　　　4　受けて

【15】　その男はガラス玉をダイヤだと言って高い値段で売り（　　　　）。

　　　　1　かけた　　　　2　つけた　　　　3　まわした　　　　4　きれた

漢字読み　表記　語形成　文脈規定　言い換え類義　用法

第4回
語 形 成

日付	／	／	／
得点	／5	／5	／5

（　　　　　）に入れるのに最もよいものを、1・2・3・4から一つ選びなさい。

【16】 少年は、目の前にいる大好きなサッカー選手の顔をじっと見（　　　　）いた。

1　かけて　　　　　2　あたって　　　　3　つめて　　　　4　つけて

【17】 （　　　　）成年に酒を販売することは禁止されている。

1　未　　　　　2　非　　　　　3　低　　　　　4　下

【18】 車内で大声で話している若者たちの（　　　　）遠慮な態度に乗客たちは腹を立てていた。

1　小　　　　　2　不　　　　　3　非　　　　　4　無

【19】 スピーチをする前に、会の司会者と簡単に打ち（　　　　）。

1　合わせた　　　2　話した　　　　3　あった　　　　4　きいた

【20】 風であちこちに飛んでしまった紙を、通り（　　　　）人がみんなで拾ってくれた。

1　ちがった　　　2　かかった　　　3　かえった　　　4　あった

日付	／	／	／
得点	／5	／5	／5

（　　　　）に入れるのに最もよいものを、1・2・3・4から一つ選びなさい。

【21】 授業中に大きい地震が起こり、教室は（　　　）騒ぎになった。

1　大　　　　　　2　本　　　　　　3　上　　　　　　4　高

【22】 その町の市場では、見（　　　）ない、めずらしい野菜や魚などを売っている。

1　慣れ　　　　　2　上げ　　　　　3　届け　　　　　4　送ら

【23】 卒業論文が締め切りの日の朝にやっとでき（　　　）。

1　あげた　　　　2　のぼった　　　3　あがった　　　4　おわった

【24】 提出する前に、間違いがないかどうか、答案をもう一度見（　　　）ください。

1　返して　　　　2　守って　　　　3　直して　　　　4　回って

【25】 旅行の直前に、急な仕事が入り、ハワイ旅行の予約を取り（　　　）。

1　出した　　　　2　入れた　　　　3　上げた　　　　4　消した

日付	／	／	／
得点	／5	／5	／5

（　　　）に入れるのに最もよいものを、1・2・3・4から一つ選びなさい。

【26】　Ｘ社のこの車は、デザインは優れているが、安全（　　　）に問題がある。

　　　　1　製　　　　　　2　的　　　　　　3　化　　　　　　4　性

【27】　帰りの電車で居眠りをして、2駅も乗り（　　　）しまった。

　　　　1　すぎて　　　　2　あって　　　　3　こして　　　　4　いって

【28】　この本は、ぜひ子供に読ませたい（　　　）作だ。

　　　　1　名　　　　　　2　良　　　　　　3　安　　　　　　4　短

【29】　私が教師になって初めて受け（　　　）のは、かわいい1年生のクラスでした。

　　　　1　いれた　　　　2　とった　　　　3　もった　　　　4　やった

【30】　ダイエットをするとストレスがたまり、逆にもっと食べてしまう。そうすると
　　　　またダイエットしなければならなくなる。これこそ（　　　）循環というものだ。

　　　　1　逆　　　　　　2　反　　　　　　3　悪　　　　　　4　非

日付	／	／	／
得点	／5	／5	／5

（　　　）に入れるのに最もよいものを、1・2・3・4から一つ選びなさい。

【31】 おいしいと評判のケーキを買いに行ったが、売り（　　　）いて買えなかった。

1　なくて　　　　2　きれて　　　　3　だして　　　　4　やめて

【32】 日本で少子（　　　）が進んでいる原因のひとつとして、結婚の時期が遅くなっ

ていることがあげられる。

1　感　　　　　2　化　　　　　3　性　　　　　4　的

【33】 今回のイベントは、この会社に入って初めての（　　　）仕事だから、みんな

張り切っている。

1　好　　　　　2　新　　　　　3　大　　　　　4　良

【34】 自転車で走っていたら、横道から子供が飛び（　　　）きて、びっくりした。

1　かけて　　　　2　走って　　　　3　つけて　　　　4　出して

【35】 母はいつも、肉、魚、野菜をバランスよく取り（　　　）料理を作ってくれる。

1　入れた　　　　2　直した　　　　3　下げた　　　　4　上げた

第8回

語 形 成

（　　　　）に入れるのに最もよいものを、1・2・3・4から一つ選びなさい。

【36】 もう少しで頂上というところまで行ったが、急に天気が悪くなったので仕方な

く引き（　　　　）。

　　　1　もどった　　　　2　かえった　　　　3　かえした　　　　4　わけた

【37】 以前は英語なんて話せないと思い（　　　　）いたが、海外からの客が増えて、

どうしても話さないわけにはいかなくなった。

　　　1　直して　　　　2　ついて　　　　3　込んで　　　　4　出して

【38】 地球温暖（　　　　）の影響だろうか、異常気象が続いている。

　　　1　性　　　　　　2　風　　　　　　3　化　　　　　　4　的

【39】 この仏像は国宝だが、一般には（　　　　）公開になっている。

　　　1　不　　　　　　2　無　　　　　　3　禁　　　　　　4　非

【40】 タバコはやめたはずなのに、無（　　　　）に灰皿のある場所を探してしまう。

　　　1　意味　　　　　2　意識　　　　　3　遠慮　　　　　4　感覚

語 形 成

（　　　　）に入れるのに最もよいものを、1・2・3・4から一つ選びなさい。

【41】 上司に結婚式でのスピーチを頼んだところ、快く引き（　　　）くれた。

1　とめて　　　　2　かけて　　　　3　あげて　　　　4　うけて

【42】 （　　　）性能で、しかも値段が安いパソコンはありませんか。

1　名　　　　　2　高　　　　　　3　優　　　　　　4　秀

【43】 会社を辞めると言う彼を説得したが、引き（　　　）ことはできなかった。

1　とめる　　　　2　かえす　　　　3　だす　　　　4　さく

【44】 この図書館には小学校の（　　　）学年向きのやさしい本がたくさんあります。

1　小　　　　　2　低　　　　　　3　幼　　　　　　4　初

【45】 交差点の近くには安全運転を呼び（　　　）ポスターが貼られている。

1　かける　　　　2　つける　　　　3　こめる　　　　4　いれる

（　　　　）に入れるのに最もよいものを、1・2・3・4から一つ選びなさい。

【46】 高齢（　　　）がこのまま進むと、50 年後には 3 人に 1 人が高齢者になる。

　　　1　的　　　　　　2　風　　　　　　3　化　　　　　　4　性

【47】 駅前の（　　　）開発で、古くからある商店街がなくなるのはさびしい。

　　　1　未　　　　　　2　新　　　　　　3　再　　　　　　4　非

【48】 ドアを開けたとたん、1 匹の猫(ねこ)が飛び（　　　）きた。

　　　1　あがって　　　2　ぬけて　　　　3　かかって　　　4　まわって

【49】 飲酒後の運動や入浴は、事故につながる危険（　　　）があるので気をつけましょう。

　　　1　感　　　　　　2　性　　　　　　3　化　　　　　　4　的

【50】 好きな人に会ってもドキドキするばかりで、話し（　　　）勇気がなかなか出ない。

　　　1　だす　　　　　2　かかる　　　　3　かける　　　　4　つける

「語形成」の問題を解くヒント

＜派生語（接頭・接尾）＞

再〜	もう一度〜	［再検討］［再試験］［再入国］［再発見］
		［再開発］［再評価］［再出発］
悪〜	悪い〜／よくない〜	［悪習慣］［悪友］［悪趣味］［悪条件］［悪天候］［悪循環］
逆〜	〜反対の	［逆光線］［逆輸入］［逆コース］［逆回転］［逆効果］［逆戻り］
無（む）〜	〜がない	［無理解］［無差別］［無休］［無職］［無意識］［無意味］
		［無関係］［無期限］［無制限］［無計画］［無関心］
		［無意識］［無感覚］
無（ぶ）〜	〜がない	［無愛想］［無作法］［無遠慮］
大（おお）〜	とても大きい〜	
	①サイズ、数量が大きい	［大型］［大声］
	②程度が激しい	［大地震］［大掃除］［大金持ち］［大喜び］［大急ぎ］［大笑い］
		［大真面目］［大仕事］［大当たり］［大仕事］［大騒ぎ］
	③だいたいの	［大筋］
大（だい）〜	とても〜	
	①程度が激しい	［大事件］［大問題］［大恋愛］［大評判］［大好評］
	②りっぱな	［大選手］［大作曲家］［大企業］
名〜	すばらしい〜／非常にすぐれている〜	
		［名産品］［名監督］［名所］［名曲］［名人］［名手］
		［名医］［名歌手］［名優］［名店］［名言］［名案］［名作］
高〜	高い〜／〜が高い	［高血圧］［高収入］［高学歴］［高学年］［高カロリー］［高性能］
低〜	低い〜／〜が低い	［低学年］
非〜	〜ではない	［非常識］［非公式］［非日常的］［非科学的］［非公開］
未〜	まだ〜ではない／まだ〜していない	
		［未公開］［未完成］［未確認］［未解決］［未成年］
不（ふ）〜	〜ではない／〜しない／〜がよくない	
		［不必要］［不自然］［不一致］［不透明］［不人気］［不真面目］
		［不手際］［不出来］［不景気］［不公平］
不（ぶ）〜	〜でない／〜がよくない	［不器用］［不気味］［不格好］
好〜	いい（良い／好い）〜	［好印象］［好景気］［好成績］［好人物］
最〜	一番〜／最も〜	［最前部］［最年長］［最年少］［最優秀］
今〜	今の〜／この	［今学期］［今世紀］［今大会］［今年度］
反〜	反対の〜	［反比例］［反体制］［反社会的］
新〜	新しい〜	［新学期］［新記録］［新大陸］
超（ちょう）〜	最高よりもっと〜	［超特急］［超満員］［超能力］［超音速］［超自然］
〜性	そのような性質をもっている様子	
		［植物性］［動物性］［多様性］［安全性］［危険性］［可能性］
〜化	そのように変わること／そのように変えること	
		［機械化］［美化］［工業化］［近代化］［民主化］［自由化］
		［合理化］［少子化］［温暖化］［高齢化］［一般化］
〜力	〜する力／〜の力	［行動力］［想像力］［判断力］［生命力］
〜外	〜の外／〜しない	［時間外］［予想外］［予算外］［問題外］
〜費	〜にかかるお金	［生活費］［交通費］［教育費］［交際費］［人件費］

＜複合動詞（補助動詞）＞

～かかる	①今にも～する	［木が枯れかかる］
	②～し始める	［仕事に取りかかる］
	③ある方向に～する	［飛びかかる］［壁に寄りかかる］［木が車の上に倒れかかる］
	④ちょうど～する	［通りかかる］［さしかかる］
～かける	①～し始める／途中まで～する	
		［言いかける］［食べかける］
	②今にも～しそうになる	［死にかける］
	③相手に～する	［話しかける］［呼びかける］［働きかける］
～とめる	①～して残す	［書きとめる］
	②～して動きを止める	［引きとめる］［抱きとめる］［受けとめる］
～込む	①中に入る	［払い込む］［プールに飛び込む］［敵国へ攻め込む］
		［かばんに荷物を詰め込む］［申し込む］
	②よく／深く～する	［思い込む］［考え込む］［教え込む］［話し込む］
～出す	①～始める	［降り出す］［泣き出す］［歩き出す］［言い出す］
	②中から外へ動く	［飛び出す］［流れ出す］［抜け出す］［思い出す］
～上がる	①動作が完了する	［でき上がる］［仕上がる］
	②上の方向に～する	［立ち上がる］［起き上がる］［飛び上がる］
	③とても～する（強調）	［晴れ上がる］［震え上がる］［燃え上がる］
～切れる	①全部～して、なくなる	［売り切れる］
	②～して切れる	［（生地が）すり切れる］
	③最後まで、完全に～することができる	
		［食べきれる］［言いきれる］［待ちきれない］
		［断りきれない］
～切る	①全部～する	［持っていたお金を使い切る］［飲み切る］
	②非常に～する	［張り切る］［困り切る］［疲れ切る］
	③はっきり～する	［言い切る］
～つく	①～して付く	［追いつく］［貼りつく］［飛びつく］
	②新しく出る	［思いつく］［考えつく］
～つける	①相手に強く～する	［売りつける］［言いつける］［送りつける］
		［投げつける］［押しつける］［吹きつける］
	②～して、付ける	［貼りつける］［縫いつける］［取りつける］
～つめる	①続けて～する	［見つめる］［通いつめる］
	②最後まで～する	［思いつめる］［煮つめる］［追いつめる］
～慣れる	いつも～して慣れる	［見慣れる］［使い慣れたパソコン］［はき慣れた靴］
		［言い慣れた言葉］
～直す	（よくなるように）もう一度～する	
		［見直す］［言い直す］［やり直す］［書き直す］
		［考え直す］
～越す	目標のところより多く～する	［乗り越す］［飛び越す］［追い越す］［通り越す］［繰り越す］
～合う	互いに～する	［助け合う］［話し合う］［知り合う］［付き合う］

受け〜	自分に向けられたのを受けて〜する	
		[受け持つ][受け取る][受け付ける]
		[受け入れる][受け止める]
取り〜	(動詞〜の意味を強める)	[取り消す][取り囲む][取り決める]
		[取り付ける][取り上げる]
引き〜	(動詞〜の意味を強める)	[引き返す][引き受ける][引き上げる][引き出す]
		[引き止める][引き取る][引っかける]
見〜	見て〜する	[見上げる][見下ろす][見送る][見落とす]
		[見かける][見つめる][見慣れる]
追い〜	後を追って〜する	[追いかける][追い越す][追い出す][追いつく]
打ち〜	(動詞〜を強める)	[打ち合わせる][打ち勝つ][(秘密を)打ち明ける]
		[打ち切る][打ち消す][打ち負かす]

文脈規定

（　　　　）に入れるのに最もよいものを、1・2・3・4から一つ選びなさい。

【1】 10年間（　　　）犬が、昨日死んでしまった。

1　持っていた　　2　飼っていた　　3　取っていた　　4　生えていた

【2】 新町高校は、この道の（　　　）を右に曲がると、左側にあります。

1　つき当たり　　2　つき合い　　3　隅　　　　　　4　奥

【3】 出席者の意見がなかなかまとまらず、会議が（　　　）いる。

1　延長して　　　2　長持ちして　　3　延期して　　　4　長引いて

【4】 弟はゲームに（　　　）だ。呼んでも返事をしない。

1　集中　　　　　2　夢中　　　　　3　熱中　　　　　4　最中

【5】 （　　　）自動車がサイレンを鳴らして火事の現場へ走っていった。

1　防火　　　　　2　防災　　　　　3　消防　　　　　4　消火

【6】 山道を歩いているとき、石に（　　　）転んでしまった。

1　すべって　　　2　つまずいて　　3　しゃがんで　　4　もぐって

【7】 台風の接近で、雨がしだいに激しくなり、（　　　）強い風も吹き始めた。

1　大いに　　　　2　さらに　　　　3　ようやく　　　4　ただちに

（　　　　　）に入れるのに最もよいものを、1・2・3・4から一つ選びなさい。

【8】 そんなことは（　　　）だ。だれでも知っていることだよ。

　　　 1　常識　　　　　　2　知識　　　　　　3　行事　　　　　　4　知事

【9】 入学試験についての電話による（　　　）は、平日の午前9時から午後6時まで受け付けています。

　　　 1　問<ruby>と</ruby>い合わせ　　2　答え合わせ　　3　打ち合わせ　　4　待ち合わせ

【10】 美術品の価値を判断することは（　　　）には難しい。

　　　 1　知人　　　　　　2　成人　　　　　　3　素人<ruby>しろうと</ruby>　　　　4　玄人<ruby>くろうと</ruby>

【11】 体育の時間に友だちと（　　　）いたら、「まじめにやりなさい」と先生にしかられた。

　　　 1　ふざけて　　　　2　くだけて　　　　3　もうけて　　　　4　たすけて

【12】 カンニングをして良い成績を取ろうとするなんて、（　　　）よ。

　　　 1　にぶい　　　　　2　ゆるい　　　　　3　もろい　　　　　4　ずるい

【13】 彼女は、英語を教えている関係で外国人の（　　　）が多い。

　　　 1　親戚<ruby>しんせき</ruby>　　　2　人物　　　　　　3　知事　　　　　　4　知り合い

【14】 一流選手がそろったこの大会で、（　　　）だれが勝つのだろうか。

　　　 1　きっと　　　　　2　はたして　　　　3　とうとう　　　　4　とっくに

（　　　　　）に入れるのに最もよいものを、1・2・3・4から一つ選びなさい。

【15】 ギターはぜんぜん弾けません。（　　　）から教えてください。

1　初日_{しょにち}　　　　2　初心　　　　3　初歩　　　　4　初旬_{しょじゅん}

【16】 （　　　）のときとちがって、結婚してからは毎晩早く帰宅するようになった。

1　単独　　　　2　孤独_{こどく}　　　　3　独立　　　　4　独身

【17】 大雨であちこちに被害_{ひがい}が出たが、幸いにこの地域_{ちいき}の住民は（　　　）だった。

1　無難_{ぶなん}　　　　2　無理　　　　3　無事_{ぶじ}　　　　4　無駄_{むだ}

【18】 シャツの（　　　）をアイロンで伸_のばした。

1　しわ　　　　2　しみ　　　　3　きず　　　　4　むら

【19】 お忙しいところ（　　　）が、ちょっとおじゃましてもよろしいでしょうか。

1　ごめんください　　　　　　2　とんでもありません

3　かまいません　　　　　　4　恐縮_{きょうしゅく}です

【20】 うちの会社では、トイレの掃除（　　　）が1週間に1回ある。

1　当分　　　　2　交番　　　　3　当番　　　　4　交代

【21】 相手を（　　　）させるには、論理的で筋の通った説明が必要だ。

1　解説　　　　2　議論_{ぎろん}　　　　3　納得_{なっとく}　　　　4　説得_{せっとく}

（　　　　　）に入れるのに最もよいものを、1・2・3・4から一つ選びなさい。

【22】 私の部屋は南向きで（　　　　）がいい。

1　日の入り　　　　2　日当たり　　　　3　日の出　　　　4　日光

【23】 夏は食べ物が（　　　　）やすいので、気をつけてください。

1　くずれ　　　　2　荒れ　　　　3　破れ　　　　4　腐り

【24】 トラブルを（　　　　）ために、はじめにみんなでよく話し合っておこう。

1　やめる　　　　2　ためる　　　　3　さける　　　　4　とける

【25】 景気が悪いせいか、新築よりも（　　　　）のマンションが売れているそうだ。

1　稽古　　　　2　中古　　　　3　古典　　　　4　古代

【26】 最近は、（　　　　）で派手な結婚式よりも、地味な結婚式が増えているそうだ。

1　正式　　　　2　快適　　　　3　重大　　　　4　豪華

【27】 どうぞ、こちらに（　　　　）。今すぐ担当のものが参りますので。

1　お待ちください　　　　　　　　2　おかけください

3　おやすみなさい　　　　　　　　4　おじゃまします

【28】 私の父は北海道の（　　　　）だ。

1　出場　　　　2　出発　　　　3　出身　　　　4　出生

第5回

文脈規定

（　　　　）に入れるのに最もよいものを、1・2・3・4から一つ選びなさい。

【29】 あの女優_{じょゆう}はテレビで見るより（　　　）のほうが美人だ。

1　本人　　　　　2　自身　　　　　3　実物_{じつぶつ}　　　　4　素人_{しろうと}

【30】 昨夜は、今日しめ切りのレポートを（　　　）で書いた。

1　連続　　　　　2　接続_{せつぞく}　　　　3　徹夜_{てつや}　　　　4　深夜_{しんや}

【31】 おばあちゃんが教えてくれる生活の（　　　）は、とても役に立ちます。

1　能力　　　　　2　知能　　　　　3　教養_{きょうよう}　　　　4　知恵_{ちえ}

【32】 当社では学歴_{がくれき}、年齢_{ねんれい}に関係なく、やる気のある社員を（　　　）しています。

1　集合　　　　　2　募集_{ぼしゅう}　　　　3　就職_{しゅうしょく}　　　　4　応募_{おうぼ}

【33】 大雨や温暖化などの（　　　）気象_{きしょう}が世界各地で問題になっている。

1　例外　　　　　2　変化　　　　　3　不良　　　　　4　異常

【34】 コピーを10枚ですね。はい、（　　　）。すぐにいたします。

1　お待ちどうさま　　　　　　　　2　ご遠慮_{えんりょ}なく

3　ご苦労さま　　　　　　　　　　4　かしこまりました

【35】 弟は高校3年になって、ようやく進路について（　　　）に考えるようになった。

1　真剣_{しんけん}　　　　2　正直_{しょうじき}　　　　3　安易_{あんい}　　　　4　器用_{きよう}

日付	／	／	／
得点	／7	／7	／7

（　　　　）に入れるのに最もよいものを、1・2・3・4から一つ選びなさい。

【36】 あ、（　　　　）。どうしよう。レポートのしめ切りは明日だと思っていたけど、今日だった。どうしよう。

1　さあ　　　　　2　よし　　　　　3　しまった　　　4　しめた

【37】 野球のチームを作りたいけれど、（　　　）があと2人足りない。

1　メンバー　　　2　シャッター　　3　スター　　　　4　メーター

【38】 ヨーロッパとアメリカを（　　　）という。

1　西界　　　　　2　欧亜　　　　　3　西州　　　　　4　欧米

【39】 朝起きて窓を開けると、初夏の（　　　）な風が入ってきた。

1　気楽　　　　　2　なだらか　　　3　さわやか　　　4　にわか

【40】 髪の色を変えたり、アクセサリーを身につけたりして、（　　　）をする男性が増えている。

1　服装　　　　　2　おしゃれ　　　3　流行　　　　　4　ファッション

【41】 授業中に（　　　）をして先生に叱られた。

1　いびき　　　　2　いるす　　　　3　いねむり　　　4　いごこち

【42】 突然難しい質問をされた。頭が（　　　）して、考えがまとまらなかった。

1　混乱　　　　　2　混合　　　　　3　混同　　　　　4　混雑

（　　　　）に入れるのに最もよいものを、1・2・3・4から一つ選びなさい。

【43】　初めてケーキを作ってみた。時間と（　　　）がかかったけれど、楽しかった。

　　　1　面倒_{めんどう}　　　　2　苦労　　　　3　手間_{てま}　　　　4　世話

【44】　（　　　）のレートは毎日変わる。

　　　1　書留　　　　2　価格　　　　3　為替_{かわせ}　　　　4　現金

【45】　次の電車は急行です。この駅は（　　　）します。

　　　1　通過　　　　2　超過_{ちょうか}　　　　3　通行　　　　4　直行_{ちょっこう}

【46】　料理に胡椒_{こしょう}をかけたとき、胡椒が鼻に入って、大きな（　　　）が出た。

　　　1　いねむり　　　　2　あくび　　　　3　くしゃみ　　　　4　いびき

【47】　12月も半_{なか}ばに入り、今年もあと（　　　）だ。

　　　1　みじめ　　　　2　にわか　　　　3　余分_{よぶん}　　　　4　わずか

【48】　店員がS社の新製品を（　　　）すすめるので、それを買った。

　　　1　ついでに　　　　2　しきりに　　　　3　かってに　　　　4　ひっしに

【49】　プロの運動選手は、毎日の（　　　）を欠かすことができない。

　　　1　スタート　　　　2　トレーニング　　3　テンポ　　　　4　コース

（　　　　）に入れるのに最もよいものを、1・2・3・4から一つ選びなさい。

【50】 この会社では、新製品を発売するための準備が（　　　）進んでいる。

1　いったん　　　2　いきなり　　　3　ちゃくちゃくと　4　くれぐれも

【51】 栄養の（　　　）を取るには、野菜をたくさん食べることです。

1　バランス　　　2　メニュー　　　3　プラン　　　　4　カロリー

【52】 世界のどこかで戦争が起こっている。平和を（　　　）するのは難しいことだ。

1　強調　　　　2　調節　　　　3　進歩　　　　4　維持

【53】 結論を出すために、話し合いの（　　　）をしぼりましょう。

1　場面　　　　2　焦点　　　　3　相手　　　　4　見当

【54】 首相はインタビューで政府の重要課題に対する（　　　）を明らかにした。

1　関心　　　　2　想像　　　　3　思想　　　　4　見解

【55】 事故は（　　　）ところで起こることが多いから、一瞬の注意も怠ることができない。

1　あっけない　　2　あわただしい　3　たのもしい　　4　思いがけない

【56】 この国の女性の平均（　　　）は80歳である。

1　人生　　　　2　寿命　　　　3　生命　　　　4　一生

第9回
文脈規定

（　　　　）に入れるのに最もよいものを、1・2・3・4から一つ選びなさい。

【57】 この料理は野菜が（　　　）入っているので、体にいいですよ。

　　　1　たっぷり　　　2　くっきり　　　3　こっそり　　　4　ぐっすり

【58】 彼女は、この仕事では20年のキャリアがある（　　　）だ。

　　　1　ベテラン　　　2　アンテナ　　　3　サークル　　　4　ステージ

【59】 この道は狭いから、車が（　　　）のは難しい。

　　　1　ずれる　　　2　すれちがう　　　3　それる　　　4　ダブる

【60】 レポートを書くために、世界の人口の（　　　）を調べてみた。

　　　1　分解　　　2　分野　　　3　分布　　　4　分数

【61】 社会人は自分の（　　　）に責任をもたなければならない。

　　　1　実行　　　2　行動　　　3　行進　　　4　運動

【62】 この荷物は上下が（　　　）にならないように注意して運んでください。

　　　1　おのおの　　　2　べつべつ　　　3　さかさま　　　4　ばらばら

【63】 試験の前日は（　　　）睡眠を取ったほうがいい。

　　　1　こっそり　　　2　めっきり　　　3　はっきり　　　4　しっかり

漢字読み　表記　語形成　文脈規定　言い換え類義　用法

（　　　　　）に入れるのに最もよいものを、1・2・3・4から一つ選びなさい。

【64】　110番通報から約5分後、警察が事故の（　　　）に到着した。

1　現場　　　　　2　現状　　　　　3　場合　　　　　4　場面

【65】　この部屋、床（ゆか）が（　　　　）だらけですね。雑巾（ぞうきん）でふいてください。

1　じゅうたん　2　ほこり　　　3　紙くず　　　4　毛布

【66】　その日は、（　　　　）朝から雨で、運動会は中止になった。

1　しだいに　　2　そのうち　　3　あいにく　　4　おもわず

【67】　あの男はさっきからうちの前をうろうろしている。（　　　　）。

1　ぬるい　　　2　あやしい　　3　ずるい　　　4　けわしい

【68】　うちの息子は、最近野球（やきゅう）に（　　　　）していて、ちっとも勉強しない。

1　恐縮（きょうしゅく）　2　注目（ちゅうもく）　3　熱中（ねっちゅう）　4　感動

【69】　生徒のみなさん、この学校の（　　　　）を悪くするようなことは絶対にしない

でください。

1　ポイント　　2　サービス　　3　イメージ　　4　マイナス

【70】　毎日家族の健康（けんこう）を考えながら食事の（　　　　）を決めています。

1　予算　　　　2　支出　　　3　献立（こんだて）　　4　栄養（えいよう）

第11回
文脈規定

（　　　　）に入れるのに最もよいものを、1・2・3・4から一つ選びなさい。

【71】 テーブルが汚れていますね。きれいに（　　　）ください。

1　ほして　　　　2　ほって　　　　3　ふいて　　　　4　ふれて

【72】 電車の中で私の携帯電話が鳴った。となりの男の人にこわい目で（　　　　）。

1　ねじられた　　2　にらまれた　　3　見つけられた　4　見直された

【73】 日本のアニメを見たことが日本語の勉強を始める（　　　）になった。

1　目標　　　　2　思いつき　　　3　針路　　　　4　きっかけ

【74】 8月の東京の（　　　）気温は30度を超えた。

1　平気　　　　2　平均　　　　3　平行　　　　4　平凡

【75】 はっきり断ったのに、いつまでも（　　　）誘われて困っている。

1　おそらく　　2　しつこく　　3　せっかく　　4　さっそく

【76】 面倒な仕事だが、（　　　）やらなければならないのだから、早くやってしまおう。

1　どうも　　　2　どうか　　　3　どうせ　　　4　どうぞ

【77】 その車は、急な（　　　）を曲がりきれずに、家のかべにぶつかった。

1　ブレーキ　　2　カーブ　　　3　バック　　　4　ハンドル

文脈規定

（　　　　）に入れるのに最もよいものを、1・2・3・4から一つ選びなさい。

【78】　彼女は、しばしば母親の病気を（　　　）にして仕事を休む。

　　　　1　証明　　　　　　2　原因　　　　　　3　口実　　　　　　4　条件

【79】　団体だと、（　　　）で料金が安くなる。

　　　　1　割合　　　　　　2　割引　　　　　　3　取引　　　　　　4　価値

【80】　失恋して落ち込んでいる友だちを（　　　）ために、一緒にお酒を飲んだ。

　　　　1　あきらめる　　2　かわいがる　　3　なぐさめる　　4　ことづける

【81】　重役たちの反対にもかかわらず、社長は新しい経営方針を（　　　）進めてしまった。

　　　　1　深刻に　　　　2　利口に　　　　3　率直に　　　　4　強引に

【82】　今朝の事故の影響で、今日は新幹線の（　　　）が乱れた。

　　　　1　トップ　　　　2　タイム　　　　3　ダイヤ　　　　4　タイヤ

【83】　売り上げのデータを（　　　）して、今後の販売計画を立てよう。

　　　　1　分析　　　　　2　分解　　　　　3　分布　　　　　4　分担

【84】　課長から、出張の予定が（　　　）になったと連絡があった。

　　　　1　変化　　　　　2　変形　　　　　3　変換　　　　　4　変更

第 13 回
文脈規定

（　　　　）に入れるのに最もよいものを、1・2・3・4から一つ選びなさい。

【85】 さすが一流のホテルだ。食事はもちろん、（　　　）も大変いい。

1　ボーナス　　　　2　ユーモア　　　　3　サービス　　　　4　シーズン

【86】 試験まであと3日しかない。遊んでいる（　　　）はない。

1　余裕 (よゆう)　　　　2　余計　　　　3　予備　　　　4　予定

【87】 物騒 (ぶっそう)なので、玄関 (げんかん)の外に（　　　）カメラをつけた。

1　防止　　　　2　防災　　　　3　防犯　　　　4　防音

【88】 年寄りを（　　　）金を取る犯罪 (はんざい)が増えている。

1　にらんで　　　2　ふざけて　　　3　つぶして　　　4　だまして

【89】 親友の信頼 (しんらい)を（　　　）なんて、私にはできないことだ。

1　打ち消す　　　2　裏返 (うらがえ)す　　　3　壊 (こわ)す　　　4　裏切 (うらぎ)る

【90】 この2つの言葉の意味の（　　　）な違いがわかりますか。

1　率直 (そっちょく)　　　2　微妙 (びみょう)　　　3　厳重 (げんじゅう)　　　4　的確 (てきかく)

【91】 あと1週間。入学試験が（　　　）近づいてきた。

1　いきいき　　　2　いよいよ　　　3　いちいち　　　4　いそいそ

日付	／	／	／
得点	／7	／7	／7

（　　　　）に入れるのに最もよいものを、1・2・3・4から一つ選びなさい。

【92】 息子たちはまだ小さいが、彼らを進学させるための金を今から（　　　）おく

必要がある。

　　1　たくわえて　　　2　はらって　　　　3　ためらって　　　4　まとめて

【93】 ダイエットは、きちんとした（　　　）を作ってから始めなさい。

　　1　プログラム　　　2　ランニング　　　3　レクリエーション　4　グラフ

【94】 アルバイトで月に 10 万円も（　　　）のは大変です。

　　1　はらう　　　　　2　かせぐ　　　　　3　もうける　　　　4　はぶく

【95】 これは、この地方の（　　　）です。ぜひ食べてみてください。

　　1　食卓_{しょくたく}　　　2　名物_{めいぶつ}　　　3　飲食　　　　4　名品

【96】 子どものころ、サッカーのスター選手に（　　　）サッカーを始めました。

　　1　気に入って　　　2　思い込んで　　　3　あこがれて　　　4　あきれて

【97】 お父様に（　　　）よろしくお伝えください。

　　1　必ずしも　　　　2　くれぐれも　　　3　少なくとも　　　4　ちっとも

【98】 風邪気味_{かぜ}のせいか、あまり（　　　）がない。

　　1　食気　　　　　　2　食欲　　　　　　3　食意　　　　　4　食事

日付	／	／	／
得点	／7	／7	／7

（　　　　）に入れるのに最もよいものを、1・2・3・4から一つ選びなさい。

【99】 けがが治ったので、次の試合では実力を（　　　）できるだろう。

1　発行　　　　2　発揮（はっき）　　　3　発表　　　　4　発明

【100】「もっと勉強すればよかった」と今になって（　　　）、もう遅い。

1　くやんでも　　2　おこたっても　3　くたびれても　4　あばれても

【101】（　　　）から、そんな汚れた服を着ていかないほうがいいよ。

1　みっともない　2　もったいない　3　めでたい　　　4　豊富

【102】この文章の（　　　）を200字でまとめなさい。

1　要旨（ようし）　　2　要素（ようそ）　　3　重要　　　4　必要

【103】風邪（かぜ）の（　　　）には、うがい、手洗いが大切です。

1　予期　　　　2　予定　　　　3　予測（よそく）　　4　予防

【104】（　　　）プロだけあって、すばらしい演奏だった。

1　案外　　　　2　もしかすると　3　やたら　　　4　さすが

【105】新しい商品の（　　　）を見せてください。

1　スペース　　2　チェック　　3　プロ　　　　4　サンプル

言い換え類義

＿＿＿＿＿の言葉に意味が最も近いものを、1・2・3・4から一つ選びなさい。

【1】 もう少し待ってください。いずれお返事しますから。

　　　1　そのうち　　　2　先に　　　　3　いつでも　　　4　すぐに

【2】 小さな発想が大きなチャンスにつながった。

　　　1　主張　　　　　2　思いつき　　3　感想　　　　　4　意図

【3】 今日はがんばった。でも、くたびれた。

　　　1　成功した　　　2　疲れた　　　3　失敗した　　　4　楽しんだ

【4】 医師不足が深刻な問題となっている。

　　　1　思いがけない　2　しかたがない　3　重大な　　　4　特別な

【5】 祖母は、もう先が長くないとわかっているようだ。

　　　1　将来　　　　　2　端　　　　　3　未来　　　　　4　今後

漢字読み

表記

語形成

文脈規定

言い換え類義

用法

第2回	日付	／	／	／
言い換え類義	得点	／5	／5	／5

＿＿＿＿＿の言葉に意味が最も近いものを、1・2・3・4から一つ選びなさい。

【6】 彼女はみんなのお弁当を<u>こしらえた</u>。

　　1　組み立てた　　2　計画した　　3　予約した　　4　作った

【7】 彼らが言っていることは<u>もっとも</u>です。

　　1　当然　　　　　2　一番　　　　3　最高　　　　4　不満

【8】 新番組の企画(きかく)は、どのような<u>線</u>で進めますか。

　　1　目標　　　　　2　機関　　　　3　方針　　　　4　方角

【9】 これは本人から<u>じか</u>に聞いた話だ。

　　1　最近　　　　　2　直接　　　　3　突然　　　　4　早速(さっそく)

【10】 この寮に住む学生の<u>大半</u>は地方の出身者である。

　　1　ほとんど　　　2　およそ　　　3　半分　　　　4　だいぶ

漢字読み
表記
語形成
文脈規定
言い換え類義
用法

言い換え類義

＿＿＿＿＿の言葉に意味が最も近いものを、1・2・3・4 から一つ選びなさい。

【11】 その映画の<u>あらすじ</u>を教えてください。

    1　ストーリー　　　2　テーマ　　　　3　ポイント　　　4　スタッフ

【12】 <u>たまたま</u>隣の席に知人が座っていた。

    1　偶然_{ぐうぜん}　　　　2　以前　　　　3　必ず　　　　4　先に

【13】 あの人ほど<u>あつかましい</u>人はいない。

    1　むずかしい　　2　ずうずうしい　　3　すばらしい　　4　あつかいにくい

【14】 この店には各国からの輸入食品が<u>そろっている</u>。

    1　売っている　　2　扱っている　　3　備えている　　4　集まっている

【15】 今日の<u>日中</u>はひどい暑さだった。

    1　午前中　　　2　昼間　　　　3　正午　　　　4　午後

言い換え類義

_____の言葉に意味が最も近いものを、1・2・3・4から一つ選びなさい。

【16】　私の発言が世間を騒がせてしまったことをおわびします。

　　　　1　説明します　　　2　発表します　　　3　あやまります　　4　やめます

【17】　レストランの料理は、味はもちろん、見た目も大事だ。

　　　　1　見かけ　　　　　2　見本　　　　　　3　中身　　　　　　4　味覚

【18】　往復で買うと飛行機代が 20 パーセント安くなる。

　　　　1　割引　　　　　　2　日帰り　　　　　3　行きと帰り　　　4　前売り

【19】　この場所で思いがけない事故が起こった。

　　　　1　思い出せない　2　心配な　　　　　3　驚くような　　　4　意外な

【20】　事件のことはやがて忘れられてしまうだろう。

　　　　1　すぐに　　　　　2　そのうち　　　　3　きっと　　　　　4　かならず

日付	／	／	／
得点	／5	／5	／5

＿＿＿＿＿の言葉に意味が最も近いものを、1・2・3・4から一つ選びなさい。

【21】 戸棚（と だな）に入るかどうか、箱の寸法（すんぽう）を測ってみよう。

　　　1　体積　　　　　2　面積　　　　　3　サイズ　　　　4　ケース

【22】 報告書はおのおのが書くことになっている。

　　　1　代表者　　　　2　担当者　　　　3　友人　　　　　4　各人

【23】 彼女のスピーチは見事だった。

　　　1　上品　　　　　2　豪華　　　　　3　立派　　　　　4　独特

【24】 そのうわさはたちまち広がった。

　　　1　すぐに　　　　2　だんだん　　　3　いきなり　　　4　いっせいに

【25】 会議はいつ済みますか。

　　　1　終了します　　2　開始します　　3　中止します　　4　休憩（きゅうけい）します

言い換え類義

日付	／	／	／
得点	／5	／5	／5

＿＿＿＿＿の言葉に意味が最も近いものを、1・2・3・4から一つ選びなさい。

【26】 そろそろ支度(したく)をしないと、遅くなりますよ。

1 仕事 2 出発 3 用意 4 帰宅

【27】 新製品のデザインのアイデアを思いついた。

1 アイデアを思い出した 2 アイデアを考え直した

3 アイデアを知っていた 4 アイデアが浮かんだ

【28】 安全管理をおこたると大変なことになる。

1 なまける 2 心がける 3 中止する 4 終える

【29】 兄は頑固なところが父にそっくりだ。

1 よく似ている 2 少し似ている

3 少し違う 4 全然違う

【30】 夏休みは、せめて1週間はほしい。

1 やっと 2 少なくとも 3 いっそう 4 たとえ

言い換え類義

日付	／	／	／
得点	／5	／5	／5

_____の言葉に意味が最も近いものを、1・2・3・4から一つ選びなさい。

【31】 母親は息子の部屋のドアを<u>そっと</u>閉めた。

    1　こっそり　　　2　静かに　　　　3　きちんと　　　4　しっかり

【32】 地震の時は<u>冷静に</u>行動しなければならない。

    1　急いで　　　　2　驚いて　　　　3　ゆっくり　　　4　落ち着いて

【33】 今年は梅雨が<ruby>長引<rt>なが び</rt></ruby>いている。

    1　なかなか始まらない　　　　　　2　なかなか終わらない

    3　もう終わっている　　　　　　　4　もう始まっている

【34】 土地の問題をめぐる住民の対立の<u>根</u>は深い。

    1　原因　　　　2　性格　　　　3　評価　　　　4　理解

【35】 専門用語の多い英文を<ruby>翻訳<rt>ほんやく</rt></ruby>するのは<u>やっかい</u>なので、専門家に頼んだ。

    1　無理　　　　2　深刻　　　　3　めんどう　　　4　困難

日付	／	／	／
得点	／5	／5	／5

_____ の言葉に意味が最も近いものを、1・2・3・4から一つ選びなさい。

【36】 この争いの種は1つだけではない。

1 問題 　　　2 目的 　　　3 関係 　　　4 原因

【37】 からかうのはよしてください。

1 とってください 　　　　　2 どけてください

3 やめてください 　　　　　4 とめてください

【38】 結婚式の招待状を送ったら、続々と返事が届いた。

1 順々に 　　　2 転々と 　　　3 次々に 　　　4 たびたび

【39】 選手たちはゴールに向かって徐々に走るスピードを上げていった。

1 急に 　　　2 ちゃくちゃくと 　　　3 少しずつ 　　　4 どっと

【40】 彼女は穏やかな表情で話している。

1 静かな 　　　2 冷たい 　　　3 明るい 　　　4 豊かな

言い換え類義

日付	／	／	／
得点	／5	／5	／5

_____の言葉に意味が最も近いものを、1・2・3・4から一つ選びなさい。

【41】 今夜のサッカーの試合をテレビで見ようと、社員たちはさっさと仕事を終わらせて帰ってしまった。

1 適当に　　　　2 はやく　　　　3 完全に　　　　4 うまく

【42】 この建物はかつて有名な政治家の家だった。

1 いずれ　　　　2 しばらく　　　　3 以前　　　　4 最初

【43】 彼女は、子供のあつかい方をよく心得ている。

1 教えている　　2 承知している　　3 世話している　　4 勉強している

【44】 生徒たちは先輩の話を真剣に聞いていた。

1 真面目に　　　2 素直に　　　　3 立派に　　　　4 静かに

【45】 最近の携帯電話は用途が広い。

1 応用　　　　2 使い道　　　　3 活動　　　　4 効果

言い換え類義

日付	／	／	／
得点	／5	／5	／5

＿＿＿＿＿の言葉に意味が最も近いものを、1・2・3・4から一つ選びなさい。

【46】 この問題については、あらゆる角度から検討しました。

    1　いくつかの　　　2　必要な　　　　　3　すべての　　　4　逆の

【47】 夜10時以降に食事をすると太りやすいそうだ。

    1　より前　　　　2　より後　　　　　3　ごろ　　　　　4　以来

【48】 ごみ問題を解決する道を探ろうではないか。

    1　手続き　　　　2　技術　　　　　　3　道具　　　　　4　方法

【49】 発表会の準備は順調に進んでいます。

    1　高速で　　　　2　大部分　　　　　3　あまり　　　　4　問題なく

【50】 最近泥棒による被害が増えていますから、用心してください。

    1　信用　　　　　2　準備　　　　　　3　心配　　　　　4　注意

次の言葉の使い方として最もよいものを、1・2・3・4から一つ選びなさい。

【1】　普段

1　普段家にいるときは、楽な服装で過ごす。

2　私の家では、テレビを見ながら食事をするのが普段です。

3　あまり高価なものを贈ると、かえって相手の普段になります。

4　携帯電話の普段はどんどん進んでいる。

【2】　心当たり

1　将来は弁護士になる心当たりで法律を勉強している。

2　彼がどこへ行ったのか心当たりがまったくない。

3　大丈夫だとは思うけれど、ちょっと心当たりもある。

4　あなたが手伝ってくれると心当たりにしています。

【3】　こしらえる

1　あっちのいすにこしらえて待とうか。

2　遠足のお弁当は、姉がこしらえてくれた。

3　すごく痛かったけれど、なんとかこしらえた。

4　今日は朝から忙しかったので、こしらえてしまった。

【4】 どなる

1 「これはだれにも言わないでね」と彼女は私に小さい声でどなった。

2 自分の合格を知ったときは、思わず「やった！」とどなってしまった。

3 図書館で友達としゃべっていたら、隣の男性に「静かにしろ」とどなられた。

4 犬がほえるので、やさしい声で名前をどなったら、ほえるのをやめた。

【5】 あくまで

1 彼が忘れるとは思えないが、あくまで確認しておいたほうがいい。

2 だれに反対されても、あくまで自分の意志を通すつもりだ。

3 工事を始めて 10 年であくまで橋が完成した。

4 明日の会議はあくまで出席してください。

次の言葉の使い方として最もよいものを、1・2・3・4から一つ選びなさい。

【6】　あいにく

1　あいにく友だちが手伝ってくれたので、仕事が早く終わった。

2　祖母の家まで荷物を届けに行ったが、あいにく留守だった。

3　おなかがすいていたので、料理をあいにく全部食べてしまった。

4　その子はあいにく泣きそうな顔をしていた。

【7】　とんでもない

1　迷惑(めいわく)だなんて、とんでもない。喜んでいるんですよ。

2　あの子は両親の言うことをよく聞く、とんでもない、いい子だ。

3　インフルエンザにかかって、とんでもない熱が出た。

4　試験の前の日は、とんでもなく勉強した。

【8】　消耗(しょうもう)する

1　台風が上陸(じょうりく)するおそれは消耗した。

2　はんこを消耗して、銀行に届け出た。

3　一日中歩き回って体力を消耗してしまった。

4　彼女はミスをくり返し、自信を消耗してしまった。

【9】 行儀
ぎょうぎ

1 食べ物を口に入れたまま話すのは行儀が悪い。

2 彼女はいつでも行儀正しくあいさつをする。

3 団体で行儀をするときは、周りに迷惑をかけないようにしよう。

4 目上の人の前ではていねいにお行儀をするものです。

【10】 はんこ

1 はんこを忘れてしまったので、友達に借りた。

2 はんこが書けなくなったので、新しいのを買いたい。

3 間違って、はんこを破ってしまった。

4 名前を書いて、はんこを押してください。

日付	／	／	／
得点	／5	／5	／5

次の言葉の使い方として最もよいものを、1・2・3・4から一つ選びなさい。

【11】　ダブる

　　1　仕事をダブってゲームをしていたら、先輩(せんぱい)に怒られた。

　　2　バラバラにならないように、ひもでしっかりダブってください。

　　3　祝日(しゅくじつ)と日曜日がダブるときは、月曜日が休みになる。

　　4　1つ100円のりんごが3つで250円になるなら、ダブって買ったほうが得だ。

【12】　心得る(こころえる)

　　1　できるだけ規則正しい生活をするように心得ている。

　　2　私は子どもの頃から医者を心得ていた。

　　3　ベテラン社員なら、この仕事のやり方を心得ているはずだ。

　　4　難しい数学の問題の答えをやっと心得た。

【13】　手間(てま)

　　1　この店では手間が足りないので、アルバイトをやとっている。

　　2　手間があったら、ゆっくり読書をしたいのだが。

　　3　仕事が忙しいので、手間がかかる料理は作れない。

　　4　大切なカップを割ってしまいました。手間をおかけして、すみません。

【14】 いくぶん

1 風邪_{（かぜ）}の具合_{（ぐあい）}は昨日よりいくぶんよくなってきたようだ。

2 長い間大切に使ったかばんがいくぶんこわれてしまった。

3 ここからお宅までいくぶんぐらいかかりますか。

4 まだまだ経験不足ですが、いくぶんよろしくお願い申しあげます。

【15】 留守

1 友達の家に行ったら、残念ながら留守だった。

2 私の夢は外国に留守をすることです。

3 家族がみんな出かけたので、一人で留守をした。

4 1週間の留守を取って、旅行に出かけた。

用　法

次の言葉の使い方として最もよいものを、1・2・3・4から一つ選びなさい。

【16】　訴_{うった}える

1　医師は彼女にガンであると訴えた。

2　首相は新しい政策を国民に訴えた。

3　危険なことを訴えて安全な道を選んだほうがいい。

4　彼女は涙ながらに苦しみを訴えた。

【17】　団地

1　ここは私が以前住んでいた団地です。

2　私の住んでいるマンションは、団地の上に建っていて眺_{なが}めがいい。

3　彼は広い団地を持っていて、米や野菜を作っている。

4　あの国は交通が不便なので、個人よりも、団地で旅行したほうがいい。

【18】　ずれる

1　プリンターの故障_{こしょう}か、印刷_{いんさつ}の文字がずれて読みにくい。

2　地震_{じしん}で家の壁_{かべ}がずれてしまった。

3　上着のボタンがずれたので、妻につけてもらった。

4　水をやるのを忘れ、花がずれてしまった。

【19】 しみじみ

1 日本では梅雨の間は雨が多く、しみじみした日が続く。

2 私はどちらかというとしみじみした色が好きです。

3 自分が病気になってはじめて、健康が大切だとしみじみ感じた。

4 運動して汗をかいた後でシャワーを浴びると、実にしみじみする。

【20】 仲直り

1 この機械の故障は仲直りができない。

2 私の両親はよくけんかをするが、すぐ仲直りをする。

3 あの2人はとても仲直りがいい。

4 このグループは学生時代からの仲直りです。

日付	／	／	／
得点	／5	／5	／5

次の言葉の使い方として最もよいものを、1・2・3・4から一つ選びなさい。

【21】　たっぷり

1　子どもはたっぷり眠っていて、呼んでも起きなかった。

2　スパゲッティはたっぷりのお湯に塩を入れて8分間ゆでてください。

3　スリは人の財布（さいふ）をたっぷり盗む（ぬす）。

4　その子はたっぷりしている。具合（ぐあい）がとても悪そうだ。

【22】　のんき

1　彼はのんきな性格で、怒りっぽい。

2　日曜日はいつも家でのんきにしています。

3　そんなこと、のんきで言ってるの？冗談（じょうだん）でしょう？

4　あと一週間で入学試験なのに、息子はのんきにテレビばかり見ている。

【23】　ため息

1　彼は「この話は秘密だよ」と、小さい声でため息をついた。

2　朝の澄（す）んだ空気の中でため息をしたら、気分がよくなった。

3　何か悩（なや）みがあるのか、彼女はため息ばかりついている。

4　山の上は空気がうすいので、ため息が苦しい。

【24】 反映する

1 太陽の光が鏡に反映してまぶしい。

2 話題の映画がいよいよ反映される。

3 今回の選挙の結果は国民の意見をよく反映している。

4 ミスをして上司に迷惑をかけたことを反映している。

【25】 当番

1 ちゃんと当番をまもって並んでください。

2 今日の掃除当番はだれですか。

3 1年A組の当番は山田先生です。

4 テレビの当番では、スポーツをよく見ています。

漢字読み

表記

語形成

文脈規定

言い換え類義

用法

日付	／	／	／
得点	／5	／5	／5

次の言葉の使い方として最もよいものを、1・2・3・4から一つ選びなさい。

【26】　ただし

1　たばこは吸わないほうがいいと思う。ただし、体に良くないからだ。

2　駅前のラーメン屋はとてもおいしい。ただし、安いから評判がいい。

3　冷蔵庫を無料でさしあげます。ただし、こちらまで取りに来られる方に限ります。

4　今日は暑いですね。ただし、お母さんはお元気ですか。

【27】　人通り

1　この辺りは人通りが多いので、犯人の顔を見た人がいるはずだ。

2　その作家の小説は人通り読みました。

3　駅は、あそこの人通りを右に曲がるとすぐです。

4　就職したので、人通りの生活ができるようになった。

【28】　しつこい

1　先生のしつこい指導に感激した。

2　この辞書は例文がしつこくて、言葉の使い方がよくわかる。

3　ずっと薬を飲んでいるのに、なかなか治らない。しつこい風邪だ。

4　これは色が薄すぎます。もう少ししつこい色のがほしいんですが。

【29】 イメージ

1 彼女には絵の<u>イメージ</u>がある。勉強すれば画家になれるかもしれない。

2 仕事をする時間が減る一方で、<u>イメージ</u>につかう時間は増えている。

3 その事件のせいで会社の<u>イメージ</u>がすっかり悪くなってしまった。

4 彼は将来ノーベル賞学者になるという大きな<u>イメージ</u>を持っている。

【30】 覚悟する

1 合格する可能性がないので、受験を<u>覚悟した</u>。

2 どうしたらいいかと考えていたが、良いアイデアを<u>覚悟した</u>。

3 明日の日曜日は映画に行くか、それともドライブに行くか<u>覚悟している</u>。

4 祖父は、国のために死んでもいいと<u>覚悟して</u>戦争に行ったという。

次の言葉の使い方として最もよいものを、1・2・3・4から一つ選びなさい。

【31】　ほほえむ

　　1　隣の部屋の人が夜中に大声でほほえむので迷惑している。

　　2　階段で転んだ子供は、「うわあー」とほほえみ出した。

　　3　私が「ありがとう」と言うと、彼女はにっこりほほえんだ。

　　4　父は厳しかった。「もっと勉強しなくちゃだめだ」とよくほほえまれた。

【32】　見出し

　　1　新聞の見出しを見れば、どんな記事が載っているかわかる。

　　2　今回の会議の見出しは、「今年度の予算」です。

　　3　彼女は曲の見出しでCDを選ぶそうだ。

　　4　俳優の仕事は、芝居やドラマの見出しを覚えることから始まる。

【33】　ブレーキ

　　1　ブレーキの故障は大事故につながる。

　　2　太陽ブレーキを利用して発電する住宅が増えている。

　　3　健康のためにはブレーキのとれた食事が大切です。

　　4　二人は音楽の速いブレーキに合わせて、楽しそうに踊っている。

【34】 思わず

　　1　電車の中でおもしろい会話を聞いて、思わず一人で笑ってしまった。

　　2　ここであなたに会うなんて、思わず考えませんでしたね。

　　3　バスの中に思わずかばんを置き忘れてしまった。

　　4　今夜はお祝いですから、思わず酒を飲みましょう。

【35】 公平

　　1　何が悪かったのかを公平にしなければならない。

　　2　今日の試合の審判は公平ではなかった。

　　3　うそは言わないでね。本当のことを公平に話してちょうだい。

　　4　一度みんなで集まって公平に話し合いましょう。

用　法

次の言葉の使い方として最もよいものを、1・2・3・4から一つ選びなさい。

【36】　本物

1　申し込みには、申込者本物のサインが必要です。

2　いよいよ明日は試験の本物だと思うと、緊張する。

3　来月から東京の本物に勤務することになった。

4　本物のダイヤモンドの輝きは、やはりすばらしい。

【37】　プラス

1　学歴が高いことは、将来プラスになるだろうか。

2　車をプラスさせるときは、後ろによく注意してください。

3　月給のほかに 6 月と 12 月にはプラスがもらえる。

4　来月から家賃が 1 割プラスするので、生活が苦しくなる。

【38】　儲ける

1　彼は株を始めてたった 3 ヶ月で 300 万円儲けた。

2　アルバイトの時給が 900 円から 950 円に儲けた。

3　仕事を手伝って、父からこづかいを儲けた。

4　母はスーパーのアルバイトで月に 10 万円儲けている。

【39】 それる

1　彼は社長の命令に<u>それて</u>、会社を辞めさせられた。

2　心配していた台風は海側へ<u>それて</u>いきました。

3　次の角を右に<u>それて</u>ください。

4　海岸に<u>それて</u>、ホテルがたくさん並んでいる。

【40】 始<ruby>終<rt>し じゅう</rt></ruby>

1　授業の<u>始終</u>の時間をおしえてください。

2　<u>始終</u>会った人には<ruby>名刺<rt>めい し</rt></ruby>を渡すのがビジネスの<ruby>習慣<rt>しゅうかん</rt></ruby>です。

3　会社にいるとき、彼は<u>始終</u>電話をかけている。

4　あの先生は<u>始終</u>やさしいので、生徒に人気がある

次の言葉の使い方として最もよいものを、1・2・3・4から一つ選びなさい。

【41】　寿命

1　来年は定年退職する。その後の寿命は、元気に楽しく過ごしたい。

2　寿命にかかわる病気でなくて、ほっとした。

3　このテープレコーダーは 20 年も使っている。もうそろそろ寿命だろう。

4　彼は癌の研究に寿命をささげた。

【42】　スタート

1　あのきれいな人は、映画のスタートですよ。

2　スタートでは少し遅れたが、次第にスピードを上げた。

3　スタートまでもうすぐだ。最後までがんばろう。

4　彼は背が高くてスタートだ。

【43】　まとめる

1　クラスをまとめてキムさんがスピーチ大会に出場することになった。

2　今日の講義の内容をまとめて、レポートを書いてください。

3　早朝に新聞を各家庭にまとめるアルバイトを始めた。

4　たくさんありますから、みんなでまとめて食べましょう。

【44】　今にも

1　今にも悔^くやんでも、もう遅い。

2　空が暗くなってきた。今にも雨が降りだしそうだ。

3　事件は今にも解決していない。

4　あの日のことは今にもよく覚えている。

【45】　区別する

1　とても大きいケーキだったので、みんなで区別した。

2　当社では男女を区別することなく、公平に採用している。

3　彼女は息子と 20 年前に区別したきり、一度も会っていない。

4　花や葉が似ている植物を区別するのは難しい。

漢字読み

表　記

語形成

文脈規定

書い換え類義

用　法

日付	／	／	／
得点	／5	／5	／5

次の言葉の使い方として最もよいものを、1・2・3・4から一つ選びなさい。

【46】　重大

　　1　彼女は、私の<u>重大</u>な友達だ。

　　2　どんなに<u>重大</u>でも、医者になるという夢のために頑張ります。

　　3　友達の結婚式で司会^{しかい}をすることになった。責任^{せきにん}は<u>重大</u>だ。

　　4　外国語を勉強する時、辞書は絶対に<u>重大</u>なものだ。

【47】　そろう

　　1　私は、妹と<u>そろっている</u>とよく言われる。

　　2　お客様が来るのに、まだ部屋の掃除が<u>そろっていない</u>。

　　3　私もあなたと<u>そろって</u>行きましょうか。

　　4　申し込みに必要な書類はぜんぶ<u>そろっています</u>。

【48】　トップ

　　1　次の試験では学年<u>トップ</u>の成績を取りたい。

　　2　彼は俳優だから、<u>トップ</u>で芝居をすることにはなれている。

　　3　これは<u>トップ</u>よりも中高年に人気がある商品です。

　　4　私の言うとおりにするのが<u>トップ</u>だと思いますよ。

【49】　ぐっすり

1　久しぶりに故郷（ふるさと）に帰ると、町の様子が<u>ぐっすり</u>変わっていた。

2　この問題は難しくて、<u>ぐっすり</u>わからない。

3　彼は優秀で<u>ぐっすり</u>した人ですから、この仕事を任（まか）せてもいいでしょう。

4　この数日は夜になっても気温が高いので、<u>ぐっすり</u>眠ることができない。

【50】　姿勢（しせい）

1　「早寝早起き」は健康によい<u>姿勢</u>だ。

2　問題に真剣（しんけん）に取り組む彼の<u>姿勢</u>は尊敬すべきだろう。

3　息子はがっかりした<u>姿勢</u>で帰ってきた。

4　机の<u>姿勢</u>をまっすぐに直してください。

正解・解説

漢字読み

第1回

【1】 正解2

舞台「ぶたい」舞台

彼女は、いつか舞台の女優になることを夢見ている。

她夢想有朝一日能夠成為舞台的女演員。

漢字

舞 ①ブ

[舞踏会] 舞會

[舞踊] 跳舞、舞蹈

[日舞] 日本舞

②まい

[舞] 舞、跳舞、舞蹈

③ま（う）

[舞う] 飄盪、飛揚

台 ①ダイ

[台所] 廚房

[台地] 台地

[〜台] 〜台　例：「車が5台ある」

②タイ

[台風] 颱風

参考1「付帯」

【2】 正解4

目印「めじるし」標記、記號

傘が自分のものとわかるように、赤いリボンをつけて目印にした。

為了辨別自己的傘，綁了一條紅絲帶做記號。

漢字

目 ①モク

[目的] 目的

[目標] 目標

[目次] 目次、目錄

[科目] 科目

[注目] 注目

②め

[目] 眼睛　例：「目がいい／悪い」

[〜目] 第〜　例：「2番目」「3人目」

[目当て] 目標、目的

[見た目] 看上去

印 ①イン

[印象] 印象

[印刷] 印刷

②しるし

[印] 符號、記號

【3】 正解2

船便「ふなびん」通航、海運、用船郵寄

家具などの大きな荷物は、時間はかかるが船便で送ったほうが安い。

家具等大貨物，雖然比較費時間，還是海運比較便宜。

漢字

船 ①セン

[船長] 船長

[造船] 造船

[客船] 客輪、客船

②ふね

[船] 船　例：「船に乗る」

③ふな

[船旅] 坐船旅行

[船乗り] 船員、海員、乘船

[船酔い] 暈船

便 ①ベン

[便] 便利、方便、便、来往　例：「交通の便がいい」

[便所] 廁所

[便利] 方便

[不便] 不便

②ビン

[宅配便] 送到家裡

[航空便] 航空郵件

[直行便] 直達

[〜便（「1便、2便」）] 〜班、〜次（1班、1次／2班、2次）（指班車、訂船票、或班機）

③たよ（り）

[便り] 消息、信息、信

【4】 正解1

囲まれた「かこまれた」（囲む）圍上、包圍、圍繞

私は山に囲まれた静かな町で育った。

我是在被群山環繞的安靜的鄉鎮長大的。

漢字

囲 ①イ

　[周囲] 周圍

　[範囲] 範圍

　②かこ（む）[囲む]

　③かこ（う）

　[囲う] 圍上、圍起來　例：「塀で家を囲う」

参考 2「挾まれた」3「包まれた」4「望まれた」

【5】　正解1

左右「さゆう」左右

横断歩道を渡るときは、左右をよく見て渡りましょう。

在過斑馬線時，要看好左右後，才能過。

漢字

左 ①サ

　[左折] 向左拐

　[左記] 左面所書、如左

　[左派] 左派

　②ひだり

　[左側] 左邊、左側

　[左手] 左手

右 ①ウ

　[右岸] 右岸

　[右折] 向右拐

　[右派] 右派

　②ユウ [左右]

　③みぎ

　[右側] 右邊、右側

　[右手] 右手

⚠「右左」は「みぎひだり」と読む。

第2回

【6】　正解2

夫婦「ふうふ」夫婦

日本では夫婦そろってパーティーに出ることは少ない。

在日本很少有夫婦一起出席派對的情景。

漢字

夫 ①フ

　[農夫] 農夫

　[夫妻] 夫妻

②フウ

　[工夫] 工夫

③おっと

　[夫] 丈夫

婦 フ

　[婦人] 婦人、女士

　[主婦] 主婦

⚠「ふふ」とは読まないので注意。

【7】　正解1

逆さ「さかさ」逆、倒

コピーが上下逆さになってしまった。

影印件變得上下顛倒過來了。

漢字

逆 ①ギャク

　[逆に] 反過來

　[逆転] 反轉、倒轉、逆轉

　[反逆] 叛逆、反叛、造反

　②さか

　[逆様] 逆、倒、顛倒

　[逆立ち] 倒立

　③さか（らう）

　[逆らう] 違背、背逆　例：「親に逆らう」

⚠送り仮名に「さ」があるので「ギャク」ではなく、「さか（さ）」と読む。

【8】　正解4

味方「みかた」看法、見解、站在～的一邊

クラスのみんなが敵と味方に分かれてゲームをした。

把班級成員分成敵方和我方做了遊戲。

漢字

味 ①ミ

　[味覚] 味覺

　[意味] 意思

　[興味] 興趣、愛好

　②あじ

　[味] 味道

　③あじ（わう）

　[味わう] 品嚐味道

方 ①ホウ

[方向] 方向

[方法] 方法

[当方] 我方

②ポウ

[一方] 一方面
<small>いっぽう</small>

③かた

[あの方] 那位

[読み方] 讀法

[母方] 母系

【9】　正解1

浮いて「ういて」（浮く）浮、漂、浮起、浮出

池の水面に木の葉が何枚か浮いていた。

在池塘的水面上浮著幾片樹葉。

漢字

浮 ①フ

[浮力] 浮力

②う（く）[浮く]

③う（かぶ／かべる）

[浮かぶ／浮かべる] 漂、浮、想起、浮現／浮、泛起、出現

例：「海にヨットが浮かんでいる」「涙を浮かべる」

参考 2「傾いて」 3「泣いて」 4「続いて」

【10】　正解2

豊富（な）「ほうふ」豐富的

山本氏は豊富な経験が認められて、日本代表チームの監督に選ばれた。

山本先生的豐富經驗受到認可，他被選為日本代表隊的教練。

漢字

豊 ①ホウ

[豊作] 豐收

②ゆた（か）

[豊か] 富有、豐富

富 ①フ

[富豪] 富豪

②プ

[貧富] 貧富

③とみ

[富] 富　例：「富を築く」

④と（む）

[富む] 富、富裕、有錢

第3回

【11】　正解3

気配「けはい」情形、様子、動靜、跡象

朝晩、涼しい風が吹いて、秋の気配が感じられるようになった。

早上和晚上有涼風吹來，漸漸能感到秋天的跡象。

漢字

気 ①キ

[気] 氣、空氣、大氣　例：「気を失う」「気のいい人」

[気候] 氣候

[気分] 心情、情緒

[気体] 氣體、氣

[勇気] 勇氣

[根気] 耐心、耐性、毅力

[人気] 人氣、人望、人緣、受歡迎

[天気] 天氣

②ケ

[気] 火氣、氣氛、跡象　例：「火の気のない部屋」「寒気がする」

配 ①ハイ

[配達] 遞送

[支配] 支配

②パイ

[心配] 擔心

[年配] 高齢

③くば（る）

[配る] 分

【12】　正解3

立場「たちば」立場

立場によって物の見方も変わってくる。

從不同的立場對事物的看法也不同。

漢字

立 ①リツ

[起立] 起立

[自立] 自立

[国立] 國立

[立春] 立春

②リュウ

[建立] 建立

③た（つ／てる）

[立つ／立てる] 立、站／立、冒、揚起

例：「立ち上がる」「席を立つ」「立てる」「柱を立てる」「計画を立てる」

場 ①ジョウ

[工場] 工廠

[会場] 會場

[劇場] 劇場

[場内] 場內

②ば

[場] 場、場所　例：「活動の場」

[工場] 工廠

[場所] 場所

[場合] 場合、時候、情況

[現場] 現場

【13】　正解1

両替「りょうがえ」兌換、換錢

一万円札しかなかったので、駅の売店で両替してもらった。

因為只有一萬日圓的紙鈔，在車站的販賣店兌換了一下。

漢字

両 リョウ

[両方] 雙方、両者

[両側] 両側、両邊

[両手] 雙手、両手

[〜両目（1両目、2両目）]「両」第〜節(車廂)、第一節（車廂）、第二節（車廂）

替 ①タイ

[交替] 交替

②か（わる／える）

[替わる／替える] 更換、代替　例：「担当者が替わる」「電池を替える」「家を建て替える」

参考 3「交換」 4「交代」「交替」「抗体」「後退」

【14】　正解1

測定「そくてい」測定

このクラスでは月に1回、生徒の身長と体重を測定している。

這個班級每個月對學生的身高和體重進行一次測定。

漢字

測 ①ソク

[観測] 觀測

[推測] 推測

②はか（る）

[測る] 量、測量　例：「長さを測る」

定 ①テイ

[定員] 定員

[定価] 定價

[定期] 定期

[定休日] 休息日

[安定] 安定

[肯定] 肯定

[指定] 指定

[断定] 斷定

[否定] 否定

[予定] 預定

[決定] 決定

②さだ（める）

[定める] 決定、規定

③さだ（まる）

[定まる] 定、決定、規定、確定

④さだ（か）

[定か] 清楚、明確、確實

参考 3「判定」 4「繁盛」

【15】　正解1

栄えて「さかえて」（栄える）繁榮興盛、興旺

昔この町は港町として栄えていた。

從前這個鎮曾經作為漁港繁榮興盛過。

漢字

栄 ①エイ

[栄養] 營養

[光栄] 光榮

[繁栄] 繁榮

②さか（える）[栄える]

③は（え）

[栄え] 光榮、顯得漂亮、奪目　例：「栄えある優勝」「出来栄え」

参考 4　生えて　映えて

第4回

【16】　正解2
営んで「いとなんで」（営む）營、辦、從事
兄はイタリア料理のレストランを営んでいる。
哥哥在經營義大利餐館。
漢字
営 ①エイ
　［営業］營業
　［経営］經營
　②いとな（む）［営む］
参考1「挑んで」　3「飛んで」「富んで」「跳んで」
4「組んで」

【17】　正解3
疑われた「うたがわれた」（疑う）懷疑
本当のことを言ったのに、嘘ではないかと疑われた。
雖然說了真實的話，卻被懷疑是在說謊。
漢字
疑 ①ギ
　［疑問］疑問
　［容疑］嫌疑
　②うたが（う）［疑う］
　③うたが（わしい）
　［疑わしい］有疑問的、值得懷疑的　例：「彼の
　言うことは疑わしい」
参考1「嫌われる」2「誘われる」4「間違われる」

【18】　正解2
支度「したく」預備、準備
支度ができ次第、出発しましょう。
準備好了就出發。
漢字
支 ①シ
　［支持］支持
　［支点］支點
　［支社］分公司、分行
　［支払う］支付
　［支出］支出
　②ささ（える）
　［支える］支、支撐
　例：「屋根を支える」「会社を支える」

度 ①ド
　［温度］溫度
　［速度］速度
　［程度］程度
　［態度］態度
　［〜度（1度、2度）］〜度
　②タク［支度］
　③たび
　［度］次、度　例：「この度」「会う度に好きになる」
参考4「震度」「進度」「深度」

【19】　正解2
操作「そうさ」操作
この電話機は操作が簡単で、使いやすい。
這個電話操作簡單，容易使用。
漢字
操 ①ソウ
　［操縦］操縱
　［体操］體操
　②あやつ（る）
　［操る］耍、耍弄、開動、駕駛、操縱　例：「舟を操る」
作 ①サク
　［作品］作品
　［工作］製作、修理、工程
　［創作］創造、創作、製作
　②サ
　［作用］作用
　［作業］工作、操作、勞動、作業
　③つく（る）
　［作る］做、造、製作
参考1「創作」「捜索」　3「造作」

【20】　正解3
荷物「にもつ」行李
旅行の荷物は少ないほうが楽だ。
旅行的行李較少的話比較舒服。
漢字
荷 ①カ
　［出荷］裝出貨物、上市
　②に
　［荷］東西、貨物

［重荷］重擔、包袱

物 ①ブツ
　　［物価］物價
　　［物理］物理
　　［物質］物質
　　［生物］生物
　　［危険物］危險物
　　②モツ
　　［貨物］貨物
　　［食物］食物
　　［書物］書、書籍、圖書
　　③もの
　　［物］物、東西
　　［品物］物品
　　［食べ物］食物
　　［生き物］生物、有生命力的東西
　　［物語］故事、傳說
参考 4「貨物」

第5回

【21】　正解3
骨折「こっせつ」骨折
駅の階段から落ちて、足を骨折してしまった。
從車站的樓梯上摔下來，腳骨折了。
漢字
骨 ①コツ
　　［骨格］骨骼
　　②ほね
　　［骨］骨　例：「足の骨」「骨を折る」
折 ①セツ
　　［左折する］向左拐
　　［折半］平分、分成兩分
　　②お（れる／る）
　　［折れる／折る］折、斷、拐彎　例：「骨が折れる」
　　「紙を折る」
　　③おり
　　［折］時候、時機、機會　例：「お会いした折に」
　　「折をみて話す」
参考 1「骨折り」　4「国旗」

【22】　正解3
占めて「しめて」（占める）占有、占、占據
癌が日本人の死亡理由の第一位を占めている。
癌症占據日本人死亡原因第一位。
漢字
占 ①セン
　　［独占］獨占
　　［占領］占領
　　［占星術］占星術
　　②し（める）［占める］
　　③うらな（う）
　　［占う］占卜、算命　例：「運勢を占う」「経済の
　　行方を占う」
参考 1「責めて」「攻めて」 2「止めて」「泊めて」
「留めて」「停めて」 4「決めて」

【23】　正解2
胃「い」胃
胃の調子が悪いので、薬を飲んだ。
因為胃不舒服，吃了藥。
漢字
胃 イ
　　［胃痛］胃痛
　　［胃腸］胃腸
参考 1「喉」　3「肩」　4「腸」

【24】　正解2
改めて「あらためて」（改める）重新、再
くわしいことは改めてご連絡させていただきます。
詳細情況，我會再跟你聯繫的。
漢字
改 ①カイ
　　［改良］改良
　　［改革］改革
　　②あらた（まる／める）
　　［改まる］變、革新、改善／［改める］　例：
　　「規則が改まる」「改まった表現」「名前を改める」
　　「欠点を改める」
参考 1「諦めて」　3「進めて」「勧めて」「薦めて」
　　4「詰めて」

【25】　正解2

面倒（な）「めんどう」麻煩（的）

隣の人が留守の間、子どもを預かって面倒をみる
ことになった。

隔壁鄰居不在的時候，把小孩放在這裡由我來看顧。

漢字

面　①メン

　　［表面］表面

　　［面積］面積

　　［資金面］資金方面

　　［面談］面談

　　［面接］接見、面試

　　［面会］會見、見面、會面

　　［仕事の面］工作方面

　　②つら

　　［面］臉、嘴臉　例：「泣きっ面」

倒　①トウ

　　［倒産］倒閉

　　［倒壊］倒塌、坍塌

　　［倒立］倒立

　　［圧倒］壓倒

　　②ドウ　［面倒］

　　③たお（れる／す）

　　［倒れる／倒す］倒下、塌

第6回

【26】　正解4

家屋「かおく」房屋、住房

地震によって数千もの家屋が倒れた。

因為地震，幾千幢房屋倒塌了。

漢字

家　①カ

　　［民家］民家

　　［家族］家族

　　［家庭］家庭

　　［小説家］小説家

　　［努力家］努力的人

　　②ケ

　　［武家］武士門第、武士

　　［徳川家］德川家

　　③いえ

　　［家］家

　　④や

　　［空家］空的房子

　　［一軒家］一間房子

屋　①オク

　　［屋上］屋頂、房頂

　　［屋外］屋外

　　②や

　　［屋根］屋頂、屋簷

　　［肉屋］肉舖、肉攤、肉販

　　［部屋］房間

参考2「家々」　3「蚊帳」

【27】　正解4

挟まない「はさまない」（挟む）挟、夾

ドアに指を挟まないように気をつけてください。

請當心別讓門夾住了手指。

漢字

挟　はさ（まる／む）

　　［挟まる］挟

参考1「摘まない（摘む）」　3「混まない（混む）」
「込まない（込む）」

【28】　正解2

作物「さくもつ」作物、農作物

秋は多くの作物が実る季節である。

秋天是很多農作物成熟結果的季節。

漢字

作　①サク

　　［作品］作品

　　［工作］工作

　　［豊作］豐收

　　②サ

　　［作業］工作、作業

　　［操作］操縱、駕駛、操作

　　③つく（る）

　　［作る］做

物　①ブツ

　　［物理］物理

　　［物質］物質

　　［生物］生物

［危険物］危險物

②モツ

［荷物］貨物、行李

［食物］食物

［書物］書籍、書本

③もの

［品物］物品、東西

［食べ物］吃的東西

［生き物］生物、有生命的東西

［物語］故事、傳說

【29】 正解3

等しい「ひとしい」相等、相同、一樣

正方形の４つの辺の長さは等しい。

正方形的四條邊的邊長是相等的。

漢字

等 ①トウ

［等級］等級

［等分］等分

［同等］同等

［～等（1等、2等）］～等（1等、2等）

②ドウ

［平等］平等

③ひと（しい）［等しい］

参考 1「乏しい」 2「近しい」 4「親しい」

【30】 正解2

利口（な）「りこう」聰明（的）、伶俐（的）

犬は利口な動物です。

狗是聰明的動物。

漢字

利 ①リ

［利益］利益

［利点］優點、長處

［利用］利用

［便利］方便、便利

②き（く）

［利く］有效、奏效　例：「冷房が利く」「気が利く」

口 ①コウ

［口語］口語

［口頭］口頭

［口実］藉口、口實

［人口］人口

②くち

［口］口、嘴巴

参考 1「陸」　3「聞く」「聴く」「効く」　4「聞こう」「聴こう」「気候」

第7回

【31】 正解2

派手（な）「はで」花俏（的）、鮮豔（的）、華美（的）

彼はいつも派手な色のネクタイをしている。

他總是繫著色彩鮮豔的領帶。

漢字

派 ハ

［派遣］派遣

［派生］派生

［特派員］特派員

［学派］學派

手 ①シュ

［手段］手段

［手話］手語

［手術］手術

［握手］握手

［拍手］拍手

［歌手］歌手

②て

［手］手

［手足］手足

［手洗い］洗手、廁所

［右手］右手

③で［派手］

④た

［下手］笨拙、不高明的

参考 1「果て」

【32】 正解2

状況「じょうきょう」狀況

不景気で、会社の経営状況は悪化する一方だ。

因為不景氣，公司的經營狀況急轉直下。

漢字

状 ジョウ

漢字読み　表記　語形成　文脈規定　言い換え類義　用法

[現状] 現狀
[病状] 病狀、病情
[液状] 液狀、液體狀態
[礼状] 感謝信、謝函
[紹介状] 介紹信

況 キョウ

[実況] 實況、實際情況
[不況] 不景氣、蕭條

参考 4「除去」

【33】 正解 4

芝生「しばふ」草地、草坪
私のうちでは庭の芝生の手入れは主人の仕事だ。
在我家，修剪庭院的草坪是我丈夫的工作。

漢字

芝 しば［芝生］
生 ①ショウ
　[一生] 一生
　②ジョウ
　[誕生] 誕生
　③セイ
　[生活] 生活
　[生産] 生産
　[生死] 生死
　[生存] 生存
　[生徒] 學生
　[生年月日] 出生年月日
　[生物] 生物
　[生命] 生命
　[学生] 學生
　[衛生] 衛生
　[発生] 發生
　[人生] 人生
　[先生] 先生（對人的敬稱）、老師
　④き
　[生地] 質地、布料
　⑤い（きる／かす／ける）
　[生きる／生かす／生ける] 活、生存／弄活、救活／插花、栽（花）　例：「能力を仕事に生かしたい」「花びんに花を生ける」
　⑥う（まれる／む）

[生まれる／生む] 出生／生、産下
⑦は（える／やす）
[生える／生やす] 長、生／使（草木等）長、生　例：「草が生える」「ひげを生やす」
⑧なま
[生] 生、鮮　例：「生の魚は食べますか」

参考 1「姿勢」「市政」 2「時制」「自制」 3「芝居」

【34】 正解 2

率直（な）「そっちょく」直率（的）、直爽（的）
この番組について率直な感想をお聞かせください。
請你談談對這個節目直率的想法。

漢字

率 ①リツ
　[割引率] 折扣率
　[確率] 機率、概率
　[能率] 效率、生産率
　[利率] 利率
　②ソツ
　[軽率（な）] 輕率（的）
　③ソッ
　[率先] 率先
　④ひき（いる）
　[率いる] 帶領

直 ①チョク
　[直接] 直接
　[直線] 直線
　[垂直] 垂直
　[宿直] 值夜、值夜人員
　②ジキ
　[直] 立即　例：「直によくなる」
　③ただ（ちに）
　[直ちに] 馬上、立刻
　④なお（る）
　[直る] 修好、復原　例：「故障が直る」「機嫌が直る」
　⑤なお（す）
　[直す] 改正　例：「間違いを直す」

【35】 正解 2

合図「あいず」信號、暗號

110

試合中、コーチが選手に向かって手を振り、合図を送った。

在比賽中，教練向選手揮著手，傳送暗號。

漢字

合 ①ゴウ

[合格] 合格

[合計] 合計

[集合] 集合

②ガッ

[合唱] 合唱

[合併] 合併

③あ（う／わす／わせる）

[合う／合わす／合わせる] 合適／合起／加在一起、合併

図 ①ズ

[天気図] 氣象圖、天氣圖

[図案] 圖案

②ト

[図書館] 圖書館

[意図] 意圖

③はか（る）

[図る] 謀求、策劃　例：「問題の解決を図る」

第8回

【36】　正解4

人込み「ひとごみ」人群、人山人海

私は人込みが苦手なので、休日は家にいることが多い。

我不喜歡人多的地方，休假日一般待在家裡。

漢字

人 ①ジン

[〜人] 〜人　例：「日本人」

②ニン

[人数] 人數

[〜人] 〜人　例：「3人」

[人気] 人氣

[人形] 娃娃、人偶

[人間] 人、人類

[犯人] 犯人

[商人] 商人

[本人] 本人

③ひと

[人差し指] 食指

[恋人（こいびと）] 戀人

込 ①こ（める）

[込める] 填裝、集中　例：「銃に弾を込める」「力を込める」「心を込める」

②こ（む）

[込む] 人多、擁擠　例：「電車が込む」「道が込む」

⚠＜込む＞②「混む」とも書く。

【37】　正解4

世間「せけん」社會上的人、世上

「世界」は広いが、「世間」はそれほど広くない。

世界雖然很大，社會並不那麼大。

漢字

世 ①セイ

[世紀] 世紀

[中世] 中世紀

②セ

[世界] 世界

[世代] 世代

③よ

[世の中] 世間、世上

[あの世] 來世、黃泉

間 ①カン

[間食] 吃點心、吃零食

[瞬間] 瞬間

[夜間] 夜間

[空間] 空間

②ケン　[世間]

③あいだ

[間] 間隔、距離

④ま

[間] 空隙、間隔

[隙間] 縫、縫隙

[客間] 客廳

[〜間（一間、二間）] 〜房（一房、兩房）

例：「私のアパートは一間だけだ」

参考 1「予感」　3「予言」

【38】　正解 1

都合「つごう」情況、關係、方便、合適

都合が悪い場合はお電話ください。

不方便的話請打電話給我。

漢字

都 ①ト

　　［都会］都市

　　［東京都］東京都

　②ツ［都合］

　③みやこ

　　［都］都、首都　例：「音楽の都」

合 ①ゴウ

　　［合格］合格

　　［合計］合計

　　［集合］集合

　②ガッ

　　［合唱］合唱

　　［合併］合併

　③あ（う／わす／わせる）

　　［合う／合わす／合わせる］合適 / 合起 / 加在

　　一起、合併

参考 4「通行」

【39】　正解 2

命「いのち」命、生命

どんな動物でも、親は必死で子どもの命を守ろう

とするものだ。

無論是什麼動物，父母總會拼命地保護孩子的生命。

漢字

命 ①メイ

　　［生命］生命

　　［命令］命令

　　［宿命］宿命

　②いのち［命］

参考 1「名」「姪」「命」　3「体」　4「心」

【40】　正解 4

早速「さっそく」立刻、馬上

料理学校で習った料理を早速家で作ってみた。

馬上試著做了在烹飪學校學到的菜餚。

漢字

早 ①ソウ

　　［早朝］早晨、清晨

　　［早退］早退

　②サッ

　　［早急］緊急、火急

　③はや（い）

　　［早い］早

　④はや（まる／める）

　　［早まる／早める］提早、提前 / 提早、提前

　　例：「予定が早まる」「予定を早める」

速 ①ソク

　　［速度］速度

　　［加速］加速

　②はや（い）

　　［速い］快

　③はや（める）

　　［速める］加快、加速　例：「スピードを速める」

　④すみ（やか‐な）

　　［速やか（な）］快速（的）

参考 1「蝋燭」　3「早々」

第9回

【41】　正解 4

磨けば「みがけば」（磨く）磨、刷

ただの石のようだが、磨けば美しい宝石になる

かもしれない。

看上去像一般的石頭，磨一下可能會變成美麗的寶石。

漢字

磨 みが（く）

　　［磨く］例：「歯を磨く」

参考 1「巻けば」「播けば」「撒けば」　2「引っ

掻けば」　3「空けば」「透けば」

【42】　正解 1

救う「すくう」救

川に落ちた子どもを救うために、1人の男性が川

に飛び込んだ。

為了營救掉落到河裡的孩子，一位男士跳進了河裡。

漢字

救 ①キュウ

　　［救助］救助

［救急車］救護車

②**すく（う）**

［救う］例：「命を救う」

参考 2「囲う」 3「以降」「意向」「移行」 4「集う」

【43】 **正解2**

大工「だいく」 木匠、木工

祖父はこの町でいちばん腕のいい大工だった。

祖父是這個鎮上手藝最好的木匠。

漢字

大 ①**ダイ**

［大学］大學

［大学院］大學院

［大事（な）］大事、重大問題

［大体］概要、大概

［大分］很、頗、相當

［大部分］大部分

②**タイ**

［大会］大會

［大気］大氣

［大使］大使

［大切（な）］要緊的、重要的

［大戦］大戰

［大半］大半

［大変（な）］重大的

［大木］大樹

［大陸］大陸

③**おお（きい）**

［大きい］大

④**おお（いに）**

［大いに］非常的 例：「今夜は大いに飲もう」

エ ①**コウ**

［工事］工程

［工作］工作

［工業］工業

［人工］人工

［工員］工人

［工芸］工藝

［工場］工廠

［加工］加工

②**ク**

［工夫］設法、下功夫

［細工］工藝（品）、細工

参考 4「対抗」

【44】 **正解3**

主に「おもに」 主要

この雑誌は主に 20 代の若者に読まれている。

這本雜誌的主要讀者是 20 多歲的年輕讀者。

漢字

主 ①**シュ**

［主人］家長、當家的、丈夫

［主観的］主觀的

②**ズ**

［坊主］僧人、和尚、男孩

③**ぬし**

［家主］主人、物主

④**おも（な）**

［主（な）］主要 例：「この町の主な産業」

参考 1「特に」 2「主に」 4「主に」

【45】 **正解4**

出張「しゅっちょう」 出差

来週、大阪支社へ出張します。

下星期去大阪分公司出差。

漢字

出 ①**シュツ**

［出身］出生、出身

［出題］出題

［輸出］輸出、出口

［提出］提出

②**スイ**

［出納簿］出納簿

③**で（る）**

［出る］出、出去

④**だ（す）**

［出す］出、取出、提出

張 ①**チョウ**

［緊張］緊張

［主張］主張

②**は（る）**

［張る］展開、覆蓋 例：「池に氷が張る」

参考 2「主張」

第10回

【46】 正解3

依頼「いらい」依頼

電話で取引先に商品の追加を依頼した。

打電話給客戶要求追加商品。

漢字

依 イ

　［依存］依存

頼 ①ライ

　［信頼］信頼

　②たの（む）

　［頼む］請求、懇求

　③たよ（る）

　［頼る］依靠、倚仗

　④たの（もしい）

　［頼もしい］可靠的、靠得住的

参考 1「意識」 2「移動」「異動」「異同」 4「意見」

【47】 正解2

油断「ゆだん」疏忽大意、麻痺大意

ちょっとの油断が原因で試合に負けてしまった。

由於疏忽大意，比賽輸了。

漢字

油 ①ユ

　［油田］油田

　［石油］石油

　［重油］重油

　②あぶら

　［油］油

断 ①ダン

　［断定］斷定

　［判断］判斷

　［切断］切斷

　②ことわ（る）

　［断る］拒絕

　③た（つ）

　［断つ］切、斷、斷絕　例：「酒を断つ」

参考 1「勇断」

【48】 正解2

枯れて「かれて」（枯れる）凋零、枯、枯萎

公園の木の葉が枯れて、落ち葉が散っている。

公園裡樹木的葉子枯萎了，葉子散落在地上。

漢字

枯 か（れる／らす）

　［枯れる］／［枯らす］使～枯萎、枯乾

　例：「花が枯れる」「花を枯らす」

参考 3「擦れて」 4「晴れて」

【49】 正解4

祝日「しゅくじつ」節日

2月11日は国民の祝日ですから、休みです。

2月11日是國定假日，休息。

漢字

祝 ①シュク

　［祝福］祝福

　［祝辞］祝詞

　②いわ（う）

　［祝う］祝賀　例：「新年を祝う」

日 ①ニチ

　［日用品］日用品

　［日米］日美

　［毎日］毎天、毎日

　②ニッ

　［日光］日光

　［日照時間］日照時間

　③ジツ

　［期日］日期、期限

　［当日］當日

　［終日］整日、終日

　④ひ

　［日］太陽　例：「日が昇る」「日に焼ける」

　⑤び

　「記念日」紀念日

　⑥ぴ

　「生年月日」出生年月日

　⑦か

　「十日」十日

【50】 正解2
首相「しゅしょう」首相
先週、日本の首相が中国を訪問した。
上週，日本首相訪問了中國。
漢字
首 ①シュ
　　［首都］首都
　　［首位］首位
　　［部首］部首
　　②くび
　　［首］頭頸、頸部
　　例：「犬に首輪を付ける」「会社を首になる」
相 ①ソウ
　　［相談］商量
　　［相互］相互
　　［相続］繼承
　　［真相］真相
　　［手相］手相、掌紋
　　②ショウ
　　［外相］外交大臣
　　③あい
　　［相手］夥伴、共事者、對方、對手
参考 4 「収支」

第11回
【51】 正解3
鋭い「するどい」尖鋭、鋒利
警官が鋭い目でこちらをにらんでいる。
警察用鋭利的眼光盯著我們。
漢字
鋭 ①エイ
　　［鋭角］鋭角
　　［鋭敏（な）］敏鋭（的）
　　②するど（い）
　　［鋭い］例：「鋭い刃物」「鋭い痛み」「勘が鋭い」
参考 1 「厳しい」 2 「きつい」 4 「鈍い」

【52】 正解1
湿って「しめって」（湿る）濕、潮濕
最近雨が続いているせいで、空気がすっかり湿
っている。

最近由於連續降雨，空氣非常潮濕。
漢字
湿 ①シツ
　　［湿気］濕氣
　　［湿度］濕度
　　②しめ（る／らす）
　　［湿る］／［湿らす］弄濕　例：「湿った空気」
　　「洗濯物がまだ湿っている」「タオルを水で湿らす」
参考 3 「曇って」 4 「凍って」

【53】 正解4
偶然「ぐうぜん」偶然
昨日、偶然デパートで高校時代の先生にお会い
した。
昨天，偶然在百貨公司遇見了高中時代的老師。
漢字
偶 グウ
　　［偶数］偶數
　　［配偶者］配偶
然 ①ゼン
　　［自然］自然
　　［当然］當然
　　［全然］完全
　　②ネン
　　［天然］天然

【54】 正解1
勝負「しょうぶ」勝負
試合は2対2で勝負がつかず、結局引き分けた。
比賽以2比2的比分不分勝負，結果是和局。
漢字
勝 ①ショウ
　　［勝敗］勝敗
　　［勝利］勝利
　　［優勝］優勝
　　②か（つ）
　　［勝つ］勝利、贏
　　③まさ（る）
　　［勝る］強、拔群
負 ①フ
　　［負の数］負數

［負担］負擔

［抱負］抱負

②ブ［勝負］

③ま（ける／かす）

［負ける／負かす］敗、輸／大敗、撃敗

④お（う）

［負う］背、負　例：「責任を負う」

【55】　正解4

注いだ「そそいだ」（注ぐ）流入、流、注入

冷たいビールをコップに注いだ。

把冰啤酒注入杯子。

漢字

注 ①チュウ

［注射］注射

［注意］注意

［注文］訂貨、訂購

［発注］訂貨

［受注］接受訂貨

②そそ（ぐ）

［注ぐ］例：「カップに湯を注ぐ」「子供に愛情を注ぐ」

参考 1「騒いだ」　3「防いだ」

第12回

【56】　正解1

指導「しどう」指導

先生に入学試験の面接の指導をお願いした。

委託老師指導入學考試的面試。

漢字

指 ①シ

［指示］指示

［指摘］指出

［指定］指定

［屈指］屈指

②ゆび

［指］手指

［親指］拇指

［指輪］戒指

③さ（す）

［指す］指

導 ①ドウ

［導入］導入

［伝導］傳導

［誘導］誘導

［先導］先導

②みちび（く）

［導く］引導、領導、指導　例：「親が子供を導く」

【57】　正解4

損害「そんがい」損害

大きなミスをして会社に損害を与えてしまった。

造成很大的失誤使公司蒙受損失。

漢字

損 ①ソン

［損をする］虧、吃虧

［損傷］損傷

［破損］破損

②そこ（なう／ねる）

［損なう／損ねる］損壞、破損

例：「健康を損なう」「機嫌を損ねる」

害 ガイ

［害虫］害蟲

［被害］受害、受災

［災害］災害

［公害］公害

参考 2「被害」　3「利害」

【58】　正解3

炎「ほのお」火焰、火苗

地震による火事で、建物は炎に包まれた。

由於地震引起的火災，房屋被火焰包圍了。

漢字

炎 ①エン

［炎症］炎症

［肺炎］肺炎

［鼻炎］鼻炎

②ほのお

［炎］例：「ろうそくの炎がゆれている」

参考 1「日」「火」　4「円」

【59】　正解2

勢い「いきおい」勢、勢力、氣勢

日本チームは初戦に勝ち、勢いに乗った。

日本隊初戰告捷，氣勢逼人。

漢字

勢 ①セイ

[姿勢] 姿勢

[勢力] 勢力

[情勢] 形勢、情勢

②ゼイ

[大勢] 大批、眾多

③いきお（い）[勢い]

参考 1「争い」 3「戦い」 4「競い」

【60】 正解3

陸「りく」陸、陸地

海ガメは、卵を産むとき陸に上がってくる。

海龜在產卵時會爬到陸地上。

漢字

陸 リク

[陸] 例：「陸に住む生物」

[大陸] 大陸

[陸上] 陸上

参考 1「土」 2「砂」 4「土地」

第13回

【61】 正解4

種「たね」種子

花壇に春の花の種をまこう。

在花壇上撒上花的種子吧。

漢字

種 ①シュ

[種類] 種類

[品種] 品種

②たね

[話の種] 話題、談話的素材

[悩みの種] 煩惱的根源

参考 2「苗」 3「稲」

【62】 正解2

皮膚「ひふ」皮膚

この薬は皮膚が弱い人でも安心して使える。

這種藥即使是皮膚不好（敏感）的人也能安心使用。

漢字

皮 ①ヒ

[皮革] 皮革

②かわ

[皮] 皮 例：「みかんの皮」

膚 フ［皮膚］

参考 1「肌」 4「爪」

【63】 正解3

偉大（な）「いだい」偉大（的）

彼は歴史に残る偉大な芸術家だ。

他是在歷史上留下芳名的偉大藝術家。

漢字

偉 ①イ

[偉人] 偉人

②えら（い）

[偉い人] 大人物

大 ①ダイ

[大学] 大學

[大学院] 研究所

[大工] 木匠、木工

[大事（な）] 大事、重大問題、重要（的）

[大体] 大概、大略

[大分] 很、頗

[大部分] 大部分

②タイ

[大会] 大會

[大気] 大氣

[大使] 大使

[大切（な）] 要緊的、重要的

[大戦] 大戰

[大半] 大半、多半

[大木] 大樹

[大陸] 大陸

③おお（きい）

[大きい] 大

④おお（いに）

[大いに] 大、很 例：「今夜は大いに飲もう」

参考 1「巨大」 2「膨大」 4「多大」

【64】 正解2

行方「ゆくえ」去向、行蹤

彼は5年前の事件のあと、ずっと行方がわからない。

他在5年前的那次事件後，一直不知去向。

漢字

行 ①コウ

　［行動］行動

　［行進］行進

　［急行］急往、急趨、快車

　［実行］實行

　［発行］發行

②ギョウ

　［修行］修行

　［3行目］第三行

③い（く）／ゆ（く）

　［行く］去　例：「行き先」「行く末」「行く手」

④おこな（う）

　［行う］舉行　例：「入学式を行う」「発表を行う」

　「貿易を行う」

方 ①ホウ

　［方向］方向

　［方法］方法

　［方針］方針

　［両方］兩方

　［片方］一個、一只、一方

　［安い方］便宜的一個

②ポウ

　［一方］一方

　［南方］南方

③かた

　［行き方］走法、走的路徑

　［あの方］那個人、那位

④がた

　［方］方、方向　例：「レポートは8割方完成した」

　「明け方」

参考1「行き方」「生き方」　3「広報」

【65】 正解3

罪「つみ」罪

神様、どうぞ私の罪をお許しください。

神啊，請饒恕我的罪過吧。

漢字

罪 ①ザイ

　［犯罪］犯罪

②つみ

　［罪］例：「罪を犯す」

参考2「害」　4「爪」

第14回

【66】 正解1

一通り「ひととおり」大概、整套

仕事を一通り覚えるのに、2週間はかかるだろう。

把工作過程記住，大約得花兩個星期的時間。

漢字

一 ①イチ

　［一人前］一份

②イッ／イツ

　［一回］一次、一回

　［統一］統一

③ひと

　［一回り］一周、一圈

　［一人］一個人

④ひと（つ）

　［一つ］一個

通 ①ツウ

　［通知］通知

　［通貨］通貨、貨幣

　［交通］交通

　［通じる］理解、領會、通曉　例：「日本語が通じる」

②とお（る）

　［通る］通過　例：「車が通る」「鉄道が通る」

③とお（す）

　［通す］穿過、貫通

　例：「糸を針の穴に通す」「ガラスは光を通す」

④かよ（う）

　［通う］往來、通行　例：「学校に通う」

【67】 正解1

争い「あらそい」爭、爭論、爭吵

世界には、民族同士の争いが絶えない地域がある。

在世界上，有民族爭端不斷的地區。

漢字

争 ①ソウ

[競争] 競争

[戦争] 戦争

②あらそ（う）

[争う] 争、争奪

参考 2「戦い」　3「競い」　4「疑い」

【68】　正解2

蒸して「むして」（蒸す）蒸

魚は、まず蒸してから、味をつけます。

先把魚蒸熟了之後再加佐料。

漢字

蒸 ①ジョウ

[蒸気] 蒸氣

[蒸発] 蒸發

②む（す）

[蒸し暑い] 悶熱

③む（れる／らす）

[蒸れる／蒸らす] 蒸透、燜透、蒸熟／燜

参考 1「熱して」3「溶かして」4「冷まして」

【69】　正解2

景色「けしき」景色

この部屋から見える景色はすばらしい。

從這個屋子看到的景色美麗極了。

漢字

景 ケイ

[景観] 景觀

[景品] 贈品、紀念品

[夜景] 夜景

[背景] 背景

[風景] 風景

色 ①ショク

[原色] 原色、基本色

[国際色] 國際色彩

②シキ

[色紙] 方形色紙

[色彩] 顏色、色彩

③いろ

[色] 色

参考 1「形式」　3「軽食」

【70】　正解3

空「から」空

お菓子の箱があったので開けてみたら、空だった。

因為有一個點心盒，就打開看了一下，是空的。

漢字

空 ①クウ

[空港] 飛機場

[空想] 空想

[空気] 空氣

[空中] 空中

[航空] 航空

②そら

[空] 天空　例：「空を飛ぶ」

③あ（く／ける）

[空く／空ける] 空、缺額、騰出／打開、開始

例：「時間が空く」「席が空く」「時間を空ける」

「座席を空ける」

④から

[空っぽ] 空

参考 1「空」　4「空き」

第15回

【71】　正解3

物音「ものおと」聲音、聲響

アパートの上の階の物音がうるさくて、よく眠れない。

公寓樓上的聲音非常吵，不能睡好。

漢字

物 ①ブツ

[物価] 物價

[物理] 物理

[物質] 物質

[生物] 生物

[危険物] 危險物

②モツ

[貨物] 貨物

[荷物] 貨物、行李

[食物] 食物

[書物] 書籍

③もの

[品物] 物品

[食べ物] 吃的東西

[生き物] 生物、有生命的東西

[物語] 故事、傳說

音 ①オン

[音楽] 音樂

[和音] 和音、和弦

[騒音] 噪音

②イン

[母音] 母音

③おと

[音] 聲音、音

④ね

[音色] 音色

[本音] 真話、真心話

【72】 正解4

掘った「ほった」（掘る）挖、挖掘

庭に桜の木を植えようと、大きい穴を掘った。

為了在庭院裡種櫻花樹，挖了一個很大的坑。

漢字

掘 ①クツ

[発掘] 發掘、挖掘

②ほ（る）[掘る]

参考 1「破った」 2「配った」 3「作った」

【73】 正解4

憎んで「にくんで」（憎む）恨、憎恨

私は、娘を殺した犯人を憎んでいる。

我非常憎恨殺死女兒的犯人。

漢字

憎 ①ゾウ

[愛憎] 愛恨、好惡

②にく（む）[憎む]

③にく（い）

[憎い] 可憎、可惡、可恨 例：「あの人が憎い」

④にく（らしい）

[憎らしい] 討厭的、可恨的 例：「憎らしいやつ」

⑤にく（しみ）

[憎しみ] 憎惡、憎恨 例：「憎しみをもつ」

参考 1「恨んで」 2「悔やんで」 3「悩んで」

【74】 正解4

木綿「もめん」木棉

木綿のシャツは汗をよく吸収する。

木棉的襯衫非常吸汗。

漢字

木 ①ボク

[大木] 大樹

②モク

[木材] 木材

[木製] 木製

[材木] 木材、木料

③き

[草木] 草木

④こ

[木の葉] 樹葉

綿 ①メン [木綿]

②わた

[綿] 棉 例：「綿のような雲」

【75】 正解1

恐怖「きょうふ」恐怖

私は高い所に登ると恐怖を感じる。

我爬到高處時會感到恐懼。

漢字

恐 ①キョウ

[恐縮] 恐慌、羞愧、對不起

②おそ（れる）

[恐れる] 怕 例：「失敗を恐れる」

③おそ（ろしい）

[恐ろしい] 可怕 例：「恐ろしい顔」「戦争は恐ろしい」

怖 ①フ [恐怖]

②こわ（い）

[怖い] 可怕的、令人害怕的 例：「地震が怖い」「怖い人」

第1回

【1】 正解2

「たんとう」担当 擔任、擔當

今日から私がこの仕事を担当することになりました。

今天起我擔任這項工作。

漢字

担 ①タン

　　［担任］擔任、擔當

　　［分担］分擔

　　②にな（う）

　　［担う］擔、挑、肩負

　　③かつ（ぐ）

　　［担ぐ］擔、扛　例：重い荷物を担いで山に登った。

当 ①トウ

　　［当時］當時

　　［当日］當日

　　［当然］當然

　　［当番］値日、値班

　　［適当］適當

　　［弁当］便當、飯盒

　　②あ（たる／てる）

　　［当たる／当てる］碰上、中、命中／打、碰

参考 1、3、4の語は存在しない。

【2】 正解2

「あつかう」扱う 使用、操作、對待、接待

高価な品ですから落とさないように大切に扱ってください。

這是非常高價的商品，請非常小心地對待，千萬不要掉落。

漢字

扱 あつか（う）［扱う］

参考 1 あやつって　3 はらって　4は存在しない

【3】 正解2

「こおる」凍る 結冰

凍った湖の上でスケートをしている人がいる。

在結冰的湖面上有滑冰的人。

漢字

凍 ①トウ

　　［冷凍］冷凍

　　②こお（る）

　　［凍る］例：「水が凍る」

参考 1 「氷」ヒョウ／こお（る）／こおり

　3 「冷」レイ／つめ（たい）

　4 「滑」カツ／す（べる）

【4】 正解1

「おれる」折れる 折、折斷

強い風で、さしていたかさが折れてしまった。

因為強風，撐著的雨傘被折斷了。

漢字

折 お（れる／る）

　　［折れる］／［折る］折、弄斷

参考 2 われて　3 こわれて　4 たおれて

【5】 正解3

「かこう」火口 火源、噴火口

富士山の頂上には、220メートルほどの火口がある。

在富士山的山頂上，有直徑大約220米的噴火口。

漢字

火 ①カ

　　［火曜日］星期二

　　［火事］火災

　　［火山］火山

　　［火星］火星

　　②ひ［火］火

口 ①コウ

　　［口語］口語

　　［口頭］口頭

　　［口実］藉口、口實

　　［人口］人口

　　［利口（な）］聰明（的）、伶俐（的）

　　②くち

　　［口］口、嘴巴

参考 1 加工　例：「製品は、原料を加工して作る」

　2 河口　例：「大きな河の河口は海か湖だ」

　4 下降　例：「飛行機は空港に近づくと下降を始める」

第2回

【6】 正解1

「ふくざつ」複雑　複雜

日本語の敬語の使い方は複雑だ。

日語的敬語使用法是很複雜的。

漢字

複 フク

[複数] 複數

[重複] 重複

雑 ザツ

[雑音] 雜音

[雑誌] 雜誌

[混雑] 混雜

[雑 (な)] 雜類、粗糙

参考 2、3、4の語は存在しない。

【7】 正解2

「かく」欠く　缺、缺乏、缺少

彼はこの会社に欠くことのできない人材だ。

他是這間公司裡不可缺少的人才。

漢字

欠 ①ケツ／ケッ

[欠陥] 缺陷、毛病

[欠席] 缺席

②か (く／ける／かす)

[欠く] ／ [欠ける／欠かす] 弄出缺口 / 缺少

例：「君には注意力が欠けている。気をつけなさい」

参考 1「吹」ふ (く)　3「決」ケツ／き (める／まる)（「決く」は存在しない）　4「次」ジ／つぎ（「次く」は存在しない）

【8】 正解2

「かいてき」快適 (な)　舒適、舒服

このアパートは少し狭いのですが、快適です。

這間公寓雖然有些狭小，但很舒適。

漢字

快 ①カイ

[快晴] 晴朗

[愉快 (な)] 愉快 (的)

②こころよ (い)

[快い] 高興、愉快

適 テキ

[適切 (な)] 恰當 (的)、適切 (的)

[適当 (な)] 適當 (的)

[適度] 適度

[適用] 適用

参考 1、3、4の語は存在しない。

【9】 正解4

「やめる」辞める　辭 (職)、休 (學)

結婚するので、会社を辞めた。

因為要結婚，就辭掉了公司的職務。

漢字

辞 ①ジ

[辞典] 字典

[辞職] 辭職

[(お) 世辞] 恭維話、奉承話

②や (める)[辞める]

参考 1「退」タイ／しりぞ (く)／しりぞ (ける)　退めた (退める) は存在しない

2「絶」ゼツ／た (える／やす)

3「止」シ／や (む／める) 例：「雨が止む」「運動を止める」／と (まる／める)

【10】 正解3

「ふとん」布団　被子

今日は寒いので、もう1枚布団がほしい。

因為今天很冷，還要再一條被子。

漢字

布 ①フ

[毛布] 毛毯

②ぬの

[布] 布

団 ダン／トン

[団体] 團體

[団地] 住宅區

[集団] 集團

参考 1、2、4の語は存在しない。

第3回

【11】 正解3

「かいせい」改正　改正

憲法の改正をめぐって、はげしい議論が行われた。

圍繞著憲法修改的問題，進行了激烈的討論。

漢字

改 ①**カイ**

　　[改札] 檢票

　　[改善] 改善

　　[改造] 改造

　　[改良] 改良

　　②**あらた（まる／める）**

　　[改まる／改める] 改、變／改變、修改、革新

　　例：「国の法律を改める」

正 ①**セイ**

　　[正解] 正確答案、正確的解釋

　　[正確（な）] 正確（的）

　　[正式（な）] 正式（的）

　　[正門] 正門

　　[公正（な）] 公正（的）

　　[修正] 修正

　　[不正] 不正當的、不正經的

　　②**ショウ**

　　[正月] 正月、新年

　　[正午] 中午、正午

　　[正直（な）] 老實（的）

　　[正味] 實質、内容、淨重

　　[正面] 正面

　　③**ただ（しい）**

　　[正しい] 正確、正當、端正

参考 1、2、4の語は存在しない。

【12】　正解 1

「むかし」昔　從前、昔日

古い写真を見ながら、楽しかった昔の思い出を振り返った。

看著舊照片，回顧了從前的愉快回憶。

漢字

昔 むかし [昔]

参考 2「散」サン／ち（る／らす）

3「借」シャク／か（りる）

4「惜」セキ／お（しい）

【13】　正解 3

「こい」濃い　濃、濃厚

濃いコーヒーは、あまり飲みません。

很濃的咖啡，我不太能喝。

漢字

濃 ①**ノウ**

　　[濃度] 濃度

　　②**こ（い）** [濃い]

参考 1　にがい　2 つらい／からい　4 うすい

【14】　正解 3

「かいが」絵画　繪畫

あの美術館には、世界的に有名な絵画がたくさんある。

在那間美術館裡，有很多世界有名的繪畫。

絵 ①**カイ** [絵画]

　　②**え**

　　[絵] 圖、圖畫

画 ①**ガ**

　　[画家] 畫家

　　[映画] 電影

　　②**カク**

　　[計画] 計劃

　　[企画] 計劃、規劃

参考 1、2、4の語は存在しない。

【15】　正解 2

「かおり」香り　香味

このお茶は香りがいいですね。

這茶的味道很香。

漢字

香 ①**コウ**

　　[香水] 香水

　　②**かお（る／り）**

　　[香る] 發出香氣／[香り]

参考 1「委」イ　3「普」フ

4「暮」ボ／く（れる）／く（れ）

第 4 回

【16】　正解 1

「つつむ」包む　包、裏

漢字読み　表記　語形成　文脈規定　言い換え類義　用法

プレゼントはきれいな紙で包んであった。

禮物是用漂亮的紙包著的。

漢字

包 ①ホウ

　　［包装］包裝

　　②つつ（む）［包む］

参考 2 「抱」ホウ／だ（く）

3 「危」キ／あぶ（ない）

4 「己」コ

【17】　正解3

「さわる」触る　摸、觸摸

あ、それは壊れやすいので、触らないでください。

啊。那個很容易壞掉，請不要觸摸。

漢字

触 ①ショク

　　［感触］感觸

　　②さわ（る）［触る］

参考 1 「解」カイ／と（ける／く）

2 「探」タン／さぐ（る）

4 「深」シン／ふか（い）

【18】　正解3

「きゅうしゅう」吸収　吸收

植物は根から水分を吸収する。

植物從根部吸收水分。

漢字

吸 ①キュウ

　　［呼吸］呼吸

　　②す（う）

　　［吸う］吸、吸入

収 ①シュウ

　　［収入］收入

　　［領収書］發票、收據

　　②おさ（まる／める）

　　［収まる／収める］容納、收納／收、接受

参考 1、2、4の語は存在しない。

【19】　正解4

「いし」意志　意志

彼女は意志が強い人だ。言ったことは必ず実行する。

她是意志非常堅定的人，說過的話一定會實行。

漢字

意 イ

　　［意外（な）］意外（的）

　　［意見］意見

　　［意義］意義

　　［意識］意識

　　［意地悪（な）］使壞、刁難、捉弄、壞心眼（的）

　　［用意］準備、預備、注意

志 ①シ［意志］

　　②こころざし

　　［志］志、大志

　　③こころざ（す）

　　［志す］立志、志向　例：「息子は医者を志して勉強している」

参考 1、2、3の語は存在しない。

【20】　正解2

「あさい」浅い　淺的、浮淺的

この川は浅いけれど、流れは速い。

這條河雖然淺，水流卻很快。

漢字

浅 あさ（い）［浅い］

参考 1 いたい　3 おそい　4 ふかい

第5回

【21】　正解2

「とく」得　利益、有利

パソコンを修理するより、新しいものを買うほうが得だと言われた。

(他們告訴我) 修理電腦還不如買一台新的電腦來的划算。

漢字

得 ①トク

　　［得意（な）］得意（的）、自滿（的）

　　［納得］理解、領會

　　［損得］損益、得失

　　②う（る）／え（る）

　　［得る／得る］得到

参考 1 とく　3 とく　4 り

【22】 正解2
「はなす」放す　放開、放掉
けがをした小鳥を世話していたが、けがが治っ
たので放してやった。
我照顧了受傷的小鳥，傷養好後把牠放了。
漢字
放 ①ホウ
　　［放送］播送、播放
　　②はな（れる／す）
　　［放れる］脱開、脱離／［放す］
参考 1　はなして　3　にがして／のがして　4
はなして

【23】 正解4
「しきゅう」支給　支付、支給
このアルバイトは交通費が支給される。
這個臨時工有支付交通費。
漢字
支 ①シ
　　［支出］支出
　　［支度］準備、預備
　　［支店］分公司、分店
　　［支払い］支付
　　②ささ（える）
　　［支える］支撐　例：「妻が夫を支える」
給 キュウ
　　［給料］工資、薪資
　　［給与］供給、供應、工資
　　［供給］供給、供應
　　［月給］月薪
　　［時給］時薪
参考 1　しきゅう　例：「至急、返事をください」
2、3の語は存在しない。

【24】 正解4
「あたえる」与える　給、給予
この植物には水を十分に与えてください。
請給這種植物充足的水分。
漢字
与 ①ヨ

［給与］供給、供應
　　②あた（える）［与える］
参考 1　「考」コウ／かんが（える）
　　2　「写」シャ／うつ（る／す）
　　3　「汚」オ／きたな（い）／よご（れる／す）

【25】 正解2
「はんざい」犯罪　犯罪
犯罪のない安全な町をみんなで作っていきましょう。
大家一起來創造沒有犯罪的安全城市。
漢字
犯 ①ハン
　　［犯人］犯人
　　②おか（す）
　　［犯す］犯、褻瀆　例：「罪を犯す」
罪 ①ザイ　［犯罪］
　　②つみ
　　［罪］罪
参考 1、3、4の語は存在しない。

第6回
【26】 正解1
「しょうぶ」勝負　勝負
サッカーは最後の1分まで勝負がわからない。
足球不到最後一分鐘不知道誰勝誰負。
漢字
勝 ①ショウ
　　［勝敗］勝敗
　　［優勝］冠軍、第一名
　　②か（つ）
　　［勝つ］勝利
負 ①フ／ブ
　　②ま（ける／かす）
　　［負ける／負かす］輸、敗／大敗、擊敗
　　③お（う）
　　［負う］背、負
参考 2　しょうはい　3、4の語は存在しない。

【27】 正解2
「おくる」贈る　贈、贈送
母の日に、母への感謝の気持ちを込めて花束を

贈った。

母親節的那天，懷著對母親感激的心情送了花束。

漢字

贈 おく（る）[贈る]

参考 2 「贈」ゾウ／おく（る）

3 「増」ゾウ／ま（す）／ふ（える／やす）

4 「噌」ソ

⚠ 「贈る」は「プレゼントする」という意味で、「送る」は郵便などを使って「届ける」という意味。

"贈送"是贈送禮物的意思，"送"是郵局等處使用的"寄送、郵寄"的意思。

【28】 正解3

「こうか」効果　効果

ダイエットを始めて2週間たつが、何の効果も出ていない。

從開始減肥已經過了兩個星期了，一點效果也沒有。

漢字

効 ①コウ

[効力] 効力

[有効（な）] 有効（的）

②き（く）

[効く] 有効、見効　例：「薬が効く」

果 カ

[果実] 果實

[結果] 結果

⚠ 果物（水果）は「くだもの」と読む

参考 1、2、4の語は存在しない。

「郊」コウ　例：「東京の郊外に住んでいる」

【29】 正解2

「はずかしい」恥ずかしい　不好意思、害羞、難為情

今朝、駅で転んでしまい、恥ずかしい思いをした。

今天早上在車站跌倒了，覺得非常丟臉。

漢字

恥 はじ／は（ずかしい）

[恥] 恥辱、羞恥／[恥ずかしい]　例：「人前で恥をかくほどいやなことはない」

参考 1 「聴」チョウ／き（く）

3 「忘」ボウ／わす（れる）　4 「念」ねん

【30】 正解2

「けんとう」見当　估計、推測、目標

彼がなぜ突然会社をやめてしまったのか、見当がつかない。

他突然從公司辭職，很難推測原因。

漢字

見 ①ケン

[見解] 見解

[見学] 參觀學習、見習

[見物] 遊覽、參觀

[発見] 發現

②み（る）

[見る] 看

当 ①トウ

[当時] 當時

[当日] 當天

[当然] 當然

[当番] 值日、值班

[担当] 擔當

[相当] 相當

②あ（たる／てる）

[当たる／当てる] 碰上、撞上／打、碰、貼

参考 1 けんとう　例：「計画が適当かどうか検討する」

3 けんとう　例：「優勝はできなかったが健闘して2位になった」　4の語は存在しない。

第7回

【31】 正解3

「きたい」期待　期待

彼は私たちの期待どおりの活躍をしてくれた。

他正如我們所期望的那樣活躍著。

漢字

期 キ

[期限] 期限

[学期] 學期

[時期] 時期

待 ①タイ

[招待] 招待

［接待］接待

②ま（つ）

［待つ］等

参考 4「気体」ガス（液体でも固体でもないもの）

　1、2の語は存在しない。

【32】　正解3

「ごかい」誤解　　誤解

あいまいな表現を使ったために、相手に誤解を与えてしまった。

因為使用了曖昧的表現，讓對方造成了誤解。

漢字

誤 ①ゴ［誤解］

　②あやま（る）

　［誤る］錯、誤、弄錯　例：「問題の答えを誤る」

解①カイ

　［解決］解決

　［解散］解散

　［解釈］解釋

　［解説］解說

　［解答］解答

　［見解］見解

　［正解］正確答案

　［分解］分解

　［理解］理解

　②と（く）

　［解く］解、解開　例：「問題を解く」

参考 1、2、4の語は存在しない。

【33】　正解1

「にくらしい」憎らしい　討厭、可憎

息子は、幼稚園に行き始めてから、憎らしいことを言うようになった。

自從兒子開始去幼稚園起，就會講一些討厭的話。

漢字

憎 にく（い／らしい）

　［憎い］可憎、可惡／［憎らしい］

参考 2「増」ゾウ／ま（す）／ふ（える／やす）

　3「贈」ゾウ／おく（る）

【34】　正解4

「いどう」移動　　移動

このいすはじゃまですから、部屋の隅に移動しましょう。

這把椅子妨礙通行，把它移到房間的一角吧。

漢字

移 ①イ

　［移転］遷移、搬家

　［移民］移民

　②うつ（る／す）

　［移る／移す］搬遷、轉移、變化／移、挪、搬、轉移、改變　例：「別の場所に移る」

動 ①ドウ

　［動作］動作

　［動詞］動詞

　［動物］動物

　［運動］運動

　［活動］活動

　［感動］感動

　［行動］行動

　［自動］自動

　②うご（く／かす）

　［動く／動かす］動／動、移動、挪動

参考 1「異動」会社など職場で地位などが変わること　例：「人事異動」　2「異同」相違点／違い　3の語は存在しない。

【35】　正解1

「そんざい」存在　　存在

私は神の存在を信じている。

我相信神的存在。

漢字

存 ①ソン［存在］

　②ゾン

　［存じる］想、認為、知道　例：「ありがたく存じます」「先生は山田さんをご存じですか」

在 ①ザイ

　［滞在］停留、旅居

　［不在］不在

　②あ（る）

［在る］在　例：「その城は山の中に在る」

参考 2、3、4の語は存在しない。

第8回

【36】　正解3

「ふかい」深い　深

子供は、深いところでは泳がないように。

不要讓孩子在水很深的地方游泳。

漢字

深　①シン

　　［深刻（な）］深刻（的）

　　［深夜］深夜

　　②ふか（い）［深い］

参考 1　きよい　4　あさい　2は存在しない

【37】　正解3

「のうりつ」能率　效率

朝1時間早く起きることにしたら、仕事の能率

が上がった。

早上提前一個小時起床後，工作效率提高了。

漢字

能　ノウ

　　［能力］能力

　　［可能（な）］可能（的）

　　［機能］機能

　　［芸能］表演藝術、文藝

　　［才能］才能

　　［性能］性能

　　［知能］智能

　　［本能］本能

　　［有能（な）］有才能（的）、能幹的

率　①リツ

　　［率］率

　　［合格率］合格率、及格率

　　［出生率］出生率

　　［死亡率］死亡率

　　［確率］機率、概率　例：「雨が降る確率は50パ

　　ーセントです」

　　②ソツ／ソッ

　　［軽率（な）］輕率（的）

［率直（な）］直率（的）

　　③ひき（いる）

　　［率いる］帶領、率領

参考 1、2、4の語は存在しない。

【38】　正解1

「かけつ」可決　通過

その案は、賛成多数で可決された。

這個提案以多數贊成通過。

漢字

可　カ

　　［可能］可能

　　［不可能］不可能

　　［許可］許可

決　①ケツ／ケッ

　　［決して］決不、絕對不

　　［決心］決心

　　［決定］決定

　　［解決］解決

　　［多数決］多數決

　　［否決］否決

　　②き（まる／める）

　　［決まる／決める］決定／決定

参考 2、3、4の語は存在しない。

【39】　正解2

「かさねる」重ねる　重疊地堆放、反覆、再次

子どもはいろいろな経験を重ねて成長していく。

孩子們在反覆經歷的各種經驗中成長。

漢字

重　①ジュウ

　　［重大］重大

　　［重点］重點

　　［重役］重要職位

　　［重要］重要

　　［重力］重力

　　［体重］體重

　　②おも（い）

　　［重い］重、沉重

　　③かさ（なる／ねる）

［重なる］重疊、重重／［重ねる］

参考 1 「積」セキ／つ（もる／む） 3 「傘」かさ
4 「加」カ／くわ（わる／える）

【40】 正解3

「とちゅう」途中 途中、路上

学校へ行く途中で偶然高校の先生に会った。

在去學校的路上遇到了高中時的老師。

漢字

途 ト

　　［中途］中途、半途　例：「中途半端な考えはよ
　　くない」

中 ①チュウ

　　［中央］中央

　　［中間］中間

　　［中古］中古

　　［中旬］中旬

　　［中心］中心

　　［中世］中世紀

　　［中性］中性

　　［中年］中年

　　［日中］白天

　　［最中］正在

　　［集中］集中

　　［熱中］熱衷、專心致志、入迷

　　［夢中］熱衷、沉迷

　②ジュウ

　　［年中］全年、終年

　　［一日中］整天

　③なか

　　［中身／中味］内容、容納的東西

　　［中指］中指

　　［夜中］夜間

　　［真ん中］正中間

　　［世の中］世上、社會上

参考 1、2、4の語は存在しない。

⚠ 「～中」の読み方

〇 「チュウ」と読む「今週中」「今月中」「日中」

〇 「ジュウ」と読む「今日中」「今年中」「年中」

第9回

【41】 正解4

「まぜる」混ぜる 摻和、摻混

赤の絵の具と白の絵の具を混ぜると、ピンクになる。

紅色的顏料和白色的顏料摻和在一起就變成了粉紅色。

漢字

混 ①コン

　　［混血］混血

　　［混合］混合

　　［混雑］擁擠、混雑

　　［混乱］混亂

　②ま（ざる／ぜる）

　　［混ざる］摻混、摻雜／［混ぜる］

参考 1 「込」こ（む／める） 2 「合」あ（う／
わす／わせる） 3 「組」く（む）／くみ

【42】 正解1

「おぎなう」補う 補、補上

説明の不足をどうやって補えばいいのか。

怎樣來補救説明的不足？

漢字

補 ①ホ

　　［補充］補充

　　［補助］補助

　　［候補］候補

　②おぎな（う）［補う］

参考 2 「捕」ホ／つか（まる／まえる）
3 「浦」うら　4 「舗」ホ、ポ

【43】 正解4

「きじ」生地 布料

スカートを作ろうと思って生地を買った。

想做條裙子就買了布料。

漢字

生 ①ショウ

　　［一生］一生

　②ジョウ

　　［誕生］誕生

　③セイ

　　［生活］生活

漢字読み　表　記　語形成　文脈規定　言い換え類義　用　法

［生産］生産

［生死］生死

［生存］生存

［生徒］學生

［生年月日］出生年月日

［生物］生物

［生命］生命

［学生］學生

［衛生］衛生

［発生］發生

［人生］人生

［先生］先生（對人的敬稱）、老師

④き ［生地］

⑤い（きる／かす／ける）

［生きる／生かす／生ける］活、生存 / 弄活、救活 / 插花、栽（花）例：「能力を仕事に生かしたい」「花びんに花を生ける」

⑥う（まれる／む）

［生まれる／生む］出生 / 生、產下

⑦は（える／やす）

［生える／生やす］長、生 / 使（草木等）長、生　例：「草が生える」「ひげを生やす」

⑧なま

［生］生、鮮　例：「生の魚は食べますか」

地 ①ジ

［地主］地主

［地味（な）］質樸（的）

［地面］地面

［無地］素色、（布、紙）沒有花紋

［意地悪（な）］使壞、刁難（的）

②チ

［地下］地下

［地下水］地下水

［地球］地球

［地区］地區

［地質］地質

［地図］地圖

［地帯］地帶

［地点］地點

［地平線］地平線

［地方］地方

［地名］地名

［基地］基地

［産地］產地

［植民地］殖民地

［団地］住宅區

［番地］門牌號碼

［盆地］盆地

参考 1、2、3の語は存在しない。

【44】 正解2

「すみ」隅　角、角落

しばらく掃除をさぼったら、部屋の隅にほこりがたまってしまった。

有一陣子沒有打掃房間了，房間的角落積了灰塵。

漢字

隅 すみ［隅］

参考 3 「偶」グウ　例：「偶然」「偶数」

【45】 正解1

「じさん」持参　帶、自備

明日は昼食を持参してください。

明天請自備午餐。

漢字

持 ①ジ

［維持］維持　例：「今の状態を維持したい」

［支持］支持　例：「どの政党を支持しますか」

②も（つ）

［持つ］拿、持

参 ①サン

［参加］參加

［参考］參考

②まい（る）

［参る］去、來　例：「私はアメリカから参りました」

参考 2、3、4の語は存在しない。

第10回

【46】 正解3

「きのう」機能　機能

この携帯電話には、いくつかの新しい機能が加

えられている。

這支手機增加了幾種新的機能。

漢字

機 キ

[機会] 機會

[機械] 機械

[機関車] 火車頭

能 ノウ

[能力] 能力

[能率] 效率

[可能（な）] 可能（的）

[芸能] 表演藝術、文藝

[才能] 才能

[性能] 性能

[知能] 智能

[本能] 本能

[有能（な）] 能幹（的）

参考 1、2、4の語は存在しない。

【47】 **正解4**

「ちゅうもく」注目　注目

その事件は人々の注目を集めている。

那起事件引起了人們的注目（注意）。

漢字

注 ①チュウ

[注意] 注意

[注射] 注射

[注文] 訂貨

②そそ（ぐ）

[注ぐ] 注入　例：「カップの中にお湯を注ぎます。3分待つと、おいしいスープができます」

目 ①モク

[目次] 目次、目錄

[目的] 目的

[目標] 目標

[科目] 科目

②め

[目] 眼睛　例：「目が いい／悪い」

[〜目] 第〜　例：「1番目」「3人目」

[目当て] 目標、目的

[目印] 目標、記號

[見た目] 看上去、外觀

参考 1、2、3の語は存在しない

【48】 **正解2**

「こな」粉　粉

チョークの粉は、吸うと体に良くないと言われている。

據說吸入粉筆的粉末對身體不好。

漢字

粉 ①フン

[粉末] 粉末

②こ

[小麦粉] 小麥粉、麵粉

③こな

[粉] 例：「粉ミルクは赤ちゃんのためのものだ」

参考 1「料」リョウ　3「粒」リュウ／つぶ　4「紛」フン／まぎ（れる）

【49】 **正解2**

「だいじん」大臣　大臣

ニュースで新しい総理大臣が決まったことを知った。

從新聞中知道新的總理大臣已經決定了。

漢字

大 ①ダイ

[大学院] 研究所

[大工] 木匠

[大事（な）] 大事、重大問題

[大体] 概要、大概

[大分] 很、頗

[大部分] 大部分

②タイ

[大会] 大會

[大気] 大氣

[大使] 大使

[大切（な）] 重要（的）

[大戦] 大戰

[大半] 大半

[大変（な）] 大事件、重大、嚴重

[大木] 大樹

[大陸] 大陸

③おお（きい／きな）

[大きい／大きな] 大／大

臣　ジン［大臣］

参考 3　おとな　例：「子どもが大人になる」

1、4の語は存在しない。

【50】　正解1

「たんじゅん」単純　單純

このゲームは単純だが、おもしろい。

這個遊戲雖然單純，但很有趣。

漢字

単　タン

　　［単位］單位

　　［単語］單字

　　［単数］單數

　　［簡単（な）］簡單（的）

　　［単に］僅、只、單　例：「それは単に個人の問題ではなく、社会全体の問題です」

純　ジュン

　　［純情（な）］純情（的）

　　［純粋（な）］純粋（的）

参考 2、3、4の語は存在しない。

第11回

【51】　正解1

「はば」幅　幅、寬度

この道は、幅が狭いので車を止めることができない。

這條路寬度太窄，不能停車。

漢字

幅　はば［幅］

参考 2「福」フク

3「富」フ／と（む）／とみ

4「副」フク

【52】　正解1

「みなと」港　港、港口

港に船がたくさんとまっている。

在港口裡停了很多船隻。

漢字

港　①コウ

　　［空港］飛機場

　　②みなと［港］

参考 2　いけ　3　はま　4　わん

【53】　正解3

「さんせい」賛成　贊成

彼の意見にはどうしても賛成できない。

我怎麼也不能贊同他的意見。

漢字

賛　サン［賛成］

成　①セイ

　　［成功］成功

　　［成人］成人

　　［成績］成績

　　［成分］成分

　　［成立］成立

　　［完成］完成

　　［構成］構成

　　［達成］達成

　　［養成］培養、造就

　　②な（る／す）

　　［成る／成す］成為、做、做好／形成、構成

　　例：「木の実が成る」「この小説は3つの部分から成っている」

参考 1、2、4の語は存在しない。

【54】　正解3

「かくりつ」確率　機率、概率

今日は雨の降る確率が高い。

今天降雨的機率很高。

漢字

確　①カク

　　［確実（な）］確實（的）、可靠（的）

　　［確認］確認

　　②たし（か／かめる）

　　［確か／確かめる］確實／查明　例：「間違いがないか確かめる」

率　①リツ

　　［率］率　例：「宝くじが当たる率は低い」

　　［合格率］合格率、及格率

　　［出生率］出生率

　　［死亡率］死亡率

　　［能率］效率

　　②ソツ／ソッ

[軽率 (な)] 軽率 (的)

[率直 (な)] 率直 (的)

③ひき (いる)

[率いる] 帶領、率領

参考 1、2、4の語は存在しない。

【55】 **正解2**

「うで」腕　手腕

重い荷物を運んでいたら、腕が痛くなった。

因搬運了很重的貨物，手腕疼痛。

漢字

腕 うで [腕]

参考 1　むね　3　はだ　4　あぶら

第12回

【56】 **正解2**

「せいしん」精神　精神

どんなことも、まずやってみようという精神が大事だ。

不論什麼事，先試著去做的精神很重要。

漢字

精 セイ

[精密 (な)] 精密 (的)

[精一杯] 竭盡全力　例：「精一杯努力したのに失敗した」

神 ①シン

[神経] 精神

[神秘] 神秘

[神話] 神話

②ジン

[神社] 神社

③かみ

[神様] 老天爺、上帝、神

参考 1、3、4の語は存在しない。

【57】 **正解1**

「しょり」処理　處理

ごみの処理にはお金がかかる。

處理垃圾需要錢。

漢字

処 ショ [処理]

理 リ

[理科] 理科

[理解] 理解

[理想] 理想

[理由] 理由

[理論] 理論

[心理] 心理

[管理] 管理

[義理] 情義、情面、禮節

[合理] 合理

[整理] 整理

[総理大臣] 總理大臣

[代理] 代理

[無理] 無理、不合理

[料理] 烹調、料理、做菜

[原理] 原理　例：「アルキメデスの原理を知っていますか」

参考 2、3、4の語は存在しない。

【58】 **正解4**

「しるし」印　圖章、記號

みんな同じコップを使いますから、自分のコップに印をつけてください。

大家都用同樣的杯子，請在自己的杯子附上記號。

漢字

印 ①イン

[印象] 印象

[印刷] 印刷

②しるし [印]

参考 1　ヒョウ　例：「標準」　2　ハン　例：「判断」
　　3　キ　例：「日記」「記事」

【59】 **正解2**

「しあい」試合　比賽

今日の夜、テレビでサッカーの試合を放送します。

今天晚上，電視播放足球比賽。

漢字

試 シ

[試験] 考試

[入試] 入學考試

合 ①ゴウ

133

［合格］合格、及格

［合計］合計

［合理］合理

［合流］合流

［結合］結合

［集合］集合

［総合］綜合

［都合］情況、關係、理由

［連合］聯合

②ガッ

［合唱］合唱

③あ（う／わす／わせる）

［合う／合わす／合わせる］合適 / 合起 / 加在一起、合併

参考 1、3、4の語は存在しない。

【60】 正解1

「かし」菓子　點心、糕點

私の趣味はお菓子を作ることです。

我的興趣是製作糕點。

漢字

菓 カ［菓子］

子 ①シ

［調子］音調、情況、樣子

［原子］原子

［女子］女子

［男子］男子

［電子］電子

［利子］利息

②こ

［子ども］小孩、孩子

参考 2、3、4の語は存在しない。

第13回

【61】 正解4

「あらわす」著す　著、著作、寫

彼は37歳のとき、初めて小説を著した。

他在37歳時，第一次寫了小說。

漢字

著 ①チョ

［著者］作者、著者

②あらわ（す）［著す］

参考 1 「表」ヒョウ／あらわ（れる／す）

2 「現」ゲン／あらわ（れる／す）

3 「荒」あ（れる／らす）

【62】 正解3

「そうぞく」相続　繼承

父の財産を兄と私で半分ずつ相続した。

哥哥和我各繼承了父親財產的一半。

漢字

相 ①ソウ

［相違］不同、懸殊

［相互］相互

［相談］商量、協議

［相当］相當

②ショウ

［首相］首相

③あい

［相手］對方

続 ①ゾク

［接続］連接

［連続］連續

［継続］繼續　例：「検査の結果が良くないので治療を継続したほうがいい」

［続々］陸續、紛紛　例：「開店と同時に客が続々と店に入った」

②つづ（く／ける）

［続く／続ける］繼續 / 繼續、連續

参考 1、2、4の語は存在しない。

【63】 正解3

「えんき」延期　延期

大雨でサッカーの決勝戦は延期されることになった。

因為大雨足球的決賽被延期了。

漢字

延 ①エン

［延長］延長

②の（びる／ばす）

［延びる／延ばす］延、延長 / 延長

例：「出発が1週間延びた」

期 キ

漢字読み　表記　語形成　文脈規定　言い換え類義　用法

［期間］期間
［期限］期限
［学期］學期
［時期］時期
［定期］定期

参考 1、2、4の語は存在しない。

【64】 正解2
「あしあと」足跡　足跡
現場から犯人のものと思われる足跡が発見された。
在現場發現了被認為是犯人的足跡。

漢字
跡 ①セキ
　　［遺跡］遺跡
　　例：「アンコールワットの遺跡は有名だ」
　②あと
　　［跡］痕跡、跡
参考 1 「距」キョ
3 「路」ロ／みち
4 「蹟」セキ
⚠「足跡」の読み方は「あしあと」（訓読み）
のほかに「ソクセキ」（音読み）もある。

【65】 正解2
「いる」要る　要、需要
このゲームは非常に集中力が要る。
這個遊戲非常需要集中力。

漢字
要 ①ヨウ
　　［要求］要求
　　［要旨］要旨
　　［要素］要素
　　［要点］要點
　　［要領］要領
　　［重要（な）］重要（的）
　　［主要（な）］主要
　　［必要（な）］必要（的）
　　［不要（な）］不要（的）
　②い（る）［要る］
参考 1 「意」イ
3 「居」キョ／い（る）

4 「委」イ

第14回
【66】 正解3
「すむ」済む　完了、終了、結束
税金の支払いは期限までに必ず済ませること。
税款的支付一定要在期限以前完成。

漢字
済 す（む）［済む］
参考 1、4　清む／澄む
例：「山の湖の水は澄んで（清んで）いて、湖の底が
見えた」　山上的湖水非常清澈，能看見湖底。

【67】 正解1
「みずうみ」湖　湖
冬になると湖の水面が凍ってスケートができる。
在冬天湖水表面結冰，能在上面滑冰。

漢字
湖 みずうみ［湖］
参考 2 かわ　3 みなと　4 いけ

【68】 正解3
「はい」灰　灰
火山が噴火し、山のふもとの町が灰をかぶった。
火山噴發，在山脚下的城鎮被蒙上了灰塵。

漢字
灰 はい
　　［灰皿］蒸灰缸
参考 1 「圧」アツ
2 「反」ハン
4 「原」はら／ゲン

【69】 正解4
「ゆうこう」有効　有効
限りある資源を有効に使うことが、今後の課題
である。
怎樣有效利用有限的資源是今後的課題。

漢字
有 ユウ
　　［有能（な）］能幹（的）
　　［有利（な）］有利（的）

漢字読み

表記

語形成

文脈規定

言い換え類義

用法

［有料］收費

効 ①コウ

　　［効果］效果

　　［効力］效力

　②き（く）

　　［効く］有效果的、有效

　　例：「薬が効いて病気が治った」

参考 1、2、3の語は存在しない。

【70】　正解3

「ひろう」拾う　拾、撿

町の中のゴミを拾うボランティアに参加した。

我參加了撿拾街上垃圾的志工。

漢字

拾　ひろ（う）［拾う］

参考 1「拡」カク

4「給」キュウ／たま（う）

第15回

【71】　正解4

「かたむく」傾く　傾、傾斜、偏

地震で多くの家が傾いた。

因為地震，很多房子都傾斜了。

漢字

傾 ①ケイ

　　［傾向］傾向

　②かたむ（く）［傾く］

参考 1「倒」トウ／たお（れる／す）

2「斜」シャ／なな（め）

3「曲」キョク／ま（がる／げる）

【72】　正解2

「みどり」緑　綠

5月は木々の緑が美しい季節です。

5月是樹木擁有美麗綠色的季節。

漢字

緑 みどり［緑］

参考 1「絵」カイ／え　3「級」キュウ

4「縁」エン／ふち

【73】　正解2

「うら」裏　背面

箱の裏にこの商品の製造日が書いてあります。

在箱子的背面寫著這件商品的製造日期。

漢字

裏 うら［裏］

参考 1　おく　3　おもて　4　ふくろ

【74】　正解4

「きゃく」客　客

今夜はお客が来るから、部屋を片づけよう。

今晚有客人要來，我們一起打掃房間吧。

漢字

客 キャク

　　［客席］觀眾席、客人座席

　　［客間］客廳

　　［お客様］顧客

　　［客観的（な）］客觀（的）

　　［来客］來客、來訪客人

参考 1　カク　2　ラク　例：「連絡」　3　カク

【75】　正解2

「せきにん」責任　責任

親には、子供を育てる責任がある。

父母有養育孩子的責任。

漢字

責 ①セキ［責任］

　②せ（める）

　　［責める］責備　例：「父は私の失敗を責めた」

任 ①ニン

　　［就任］就任

　　［主任］主任

　　［担任］擔任

　②まか（せる）

　　［任せる］委託、聽任

　　例：「家事を妻に任せないで夫も手伝うべきだ」

参考 1、3、4の語は存在しない。

語 形 成

第1回

【1】　正解4

名案　好辦法、好主意

会議で3時間も話し合ったが、結局だれにも名案が浮かばなかった。

會議談了3個小時，結果誰也沒有想出好辦法。

「名〜」＝すばらしい〜／非常にすぐれている〜

　　　[名産品] 名産品、有名的産品

　　　[名監督] 知名導演

　　　[名所] 名勝（古蹟）

　　　[名曲] 名曲

　　　[名作] 名作

　　　[名人] 名人

　　　[名手] 名手、名人

　　　[名医] 名醫

　　　[名歌手] 名歌手

　　　[名優] 名演員

　　　[名店] 名店

　　　[名言] 名言

參考 3「発案」　1、2は存在しない。

【2】　正解3

張り切る　拉緊、繃緊、緊張

この4月に息子は中学生になり、張り切って勉強している。

今年4月，兒子將成為中學生，他正在緊張地學習著。

「〜切る」

①全部〜する　例：「持っていたお金を使い切る」「飲み切る」

②（**問題文中の用法**）非常に〜する　例：「困り切る」「疲れ切る」

③はっきり〜する　例：「言い切る」

參考 1　張り付ける　例：「紙がはがれないように、のりで張り付けた」

4　張り出す　例：「お知らせを壁に張り出す」
2は存在しない

【3】　正解2

最優秀　最優秀

山田選手は今年のサッカー大会の最優秀選手に選ばれた。

山田選手被選為這次足球大賽的最優秀選手。

「最〜」＝一番〜、最も〜

　　　[最前部] 最前部

　　　[最年長] 年紀最大

　　　[最年少] 年紀最小

參考 1、3、4は存在しない。

【4】　正解3

好人物　大好人、老好人

木村君はだれにもやさしい好人物で、社内の人気者だ。

木村是對誰都很好的老好人，在公司裡是受歡迎的人。

「好〜」＝いい（良い／好い）〜

　　　[好印象] 好印象

　　　[好景気] 好景氣

　　　[好成績] 好成績

參考 1、2、4は存在しない。

【5】　正解4

再評価　重新評價

健康に良いということで、日本食が再評価されている。

作為對健康有益的食品，日本料理被重新評價。

「再〜」＝もう一度〜

　　　[再検討] 重新討論

　　　[再試験] 重新考試

　　　[再入国] 再次入境

　　　[再発見] 再次發現、重新發現

　　　[再開発] 重新開發

參考 1「再発見」　2「再検討」　3「再出発」

第2回

【6】　正解4

悪天候　壞天氣、惡劣的天氣

飛行機の出発が遅れたのは、悪天候のためだった。

飛機起飛誤點，是因為天氣惡劣。

「悪～」＝悪い～／よくない～

  ［悪循環］惡性循環
  ［悪習慣］壞習慣
  ［悪友］壞朋友
  ［悪趣味］不良嗜好
  ［悪条件］壞條件
参考 1、2、3は存在しない。

【7】 正解4

思いつく　想出、想起、想到
野菜がきらいな娘に野菜を食べさせる良い方法を思いついた。
我想出了讓不喜歡蔬菜的女兒吃蔬菜的方法。

「～つく」

①～して付く　例：「張／貼りつく」「飛びつく」「追いつく」
②（問題文中の用法）新しく出る　例：「考えつく」
参考 2「思い出す」 3「思い起こす」 1は存在しない。

【8】 正解1

可能性　可能性
あの学生は遊んでばかりいるから、大学に合格する可能性はゼロに近い。
那個學生光是在玩，考上大學的可能性近於零。

「～性」＝そのような性質をもっていること

  ［危険性］危険性
  ［安全性］安全性
  ［植物性］植物性
  ［芸術性］藝術性
  ［多様性］多樣性
  ［普遍性］普遍性
参考 2、3、4は存在しない。

【9】 正解4

不公平　不公平
母は不公平がないように子供たちにお菓子を分けた。
母親盡量避免不公平地給孩子們分點心。

「不（ふ）～」＝～ではない／～しない／～がよくない

  ［不必要］不必要
  ［不自然］不自然
  ［不一致］不一致
  ［不透明］不透明
  ［不人気］不受歡迎
  ［不真面目］不認真
  ［不手際］不精巧、不漂亮、笨拙
  ［不出来］做得不好、收成不好
  ［不景気］不景氣

「不（ぶ）～」＝～でない／～がよくない

  ［不器用］沒用、不中用
  ［不気味］令人毛骨悚然、令人害怕
  ［不格好］樣式不好、不好看、不漂亮
参考 1、2、3は存在しない。

【10】 正解1

逆効果　反効果、適得其反
そんなことをしたら逆効果だ。かえって悪くなる。
那樣做的話會適得其反的，反而會更糟糕。

「逆～」＝～反対の

  ［逆光線］逆光
  ［逆輸入］（出口貨在國外加工）再進口
  ［逆コース］逆向走的路線
  ［逆回転］逆向駕駛
参考 2、3、4は存在しない。

第3回

【11】 正解3

無関心　不關心
一部の学生はその問題に興味を示さず、ほとんど無関心だった。
一部分學生對那個問題沒有表示興趣，幾乎漠不關心。

「無（む）～」＝～がない

  ［無理解］不理解、沒理解
  ［無差別］無差別、平等
  ［無休］無休息日
  ［無職］沒有職業
  ［無意識］無意識
  ［無意味］無意義、沒意思
  ［無関係］無關係

漢字読み　表　記　語形成　文脈規定　言い換え類義　用　法

［無期限］無期限

［無制限］無限制、無限度

［無計画］無計劃

「無〜」＝〜がない

［無遠慮］不客氣的

［無愛想］不親切、不討人喜歡

［無作法］沒禮貌

参考 1、2、4は存在しない。

【12】　正解2

追いつく　追上

一生懸命走ったら、私より5分早く家を出た弟に信号で追いついた。

拚命的跑，終於在紅綠燈那追上比我早5分鐘離開家的弟弟。

「〜つく」

① （**問題文中の用法**）〜して付く　例：「張／貼りつく」「飛びつく」

②新しく出る　例：「思いつく」「考えつく」

参考 3「追いかける」　1、4は存在しない。

【13】　正解3

今年度　本年度

A社の今年度の売り上げは過去最高になると予想されている。

預測A公司本年度的銷售額將會創過去最高。

「今〜」＝今の〜／この〜

［今学期］本學期

［今世紀］本世紀

［今大会］這個大會

参考 1、2、4は存在しない。

【14】　正解1

払い込む　繳納、交納

料金は郵便局か銀行で払い込んでください。

費用請在郵局或銀行繳納。

「〜込む」

① （**問題文中の用法**）中に入る　例：「プールに飛び込む」「敵国へ攻め込む」「かばんに荷物を詰め込む」「申し込む」

②よく、深く〜（する）　例：「考え込む」「教え込む」「話し込む」「思い込む」

参考 3、4は存在しない。

【15】　正解2

売りつける　強行推銷

その男はガラス玉をダイヤだと言って高い値段で売りつけた。

那個男人把玻璃珠說成是鑽石，賣了很高的價錢。

「〜つける」

① （**問題文中の用法**）相手に強く〜する　例：「言いつける」「送りつける」「投げつける」「押しつける」「吹きつける」

②〜して、付ける　例：「貼りつける」「縫いつける」「取りつける」

参考 1、3は存在しない。

第4回

【16】　正解3

見つめる　凝視、注視、盯著看

少年は、目の前にいる大好きなサッカー選手の顔をじっと見つめていた。

少年一直注視著眼前這位他十分喜歡的足球選手。

「〜つめる」

① （**問題文中の用法**）続けて〜する　例：「通いつめる」

②最後まで〜する　例：「思いつめる」「煮つめる」「追いつめる」

参考 1「見かける」　2「見あたる」　4「見つける」

【17】　正解1

未成年　未成年

未成年に酒を販売することは禁止されている。

向未成年者出售酒類是被禁止的。

「未〜」＝まだ〜ではない／まだ〜していない

［未公開］未公開

［未完成］未完成

［未確認］未確認、沒有確認

［未解決］未解決

参考 2、3、4は存在しない。

【18】 正解4

無遠慮 不客氣、不顧周圍

車内で大声で話している若者たちの無遠慮な態度に乗客たちは腹を立てていた。

在車内大聲說話，不顧周圍的年輕人的態度讓乘客們非常生氣。

「無〜」=〜がない

　　[無愛想] 不親切、不討人喜歡

　　[無作法] 沒禮貌

「無〜」=〜がない

　　[無理解] 不理解

　　[無差別] 無差別、平等

　　[無休] 無休息日

　　[無職] 無工作、無業

　　[無意識] 無意識

　　[無意味] 無意義、沒意思

　　[無関係] 無關係、無關

　　[無期限] 無期限

　　[無制限] 無限制

　　[無計画] 無計劃

　　[無関心] 不關心、不介意、不感興趣

参考 1、2、3は存在しない。

【19】 正解1

打ち合わせる 事先商量、碰頭

スピーチをする前に、会の司会者と簡単に打ち合わせた。

在演講前，和主持會議的人進行了簡單的商量。

「打ち＋動詞」=（動詞を強める）

　　[打ち勝つ] 戦勝

　　[（秘密を）打ち明ける] 毫不隱瞞地說出（秘密）

　　[打ち切る] 停止

　　[打ち消す] 否定、消除

　　[打ち負かす] 打敗、戦勝

参考 2、3、4は存在しない。

【20】 正解2

通りかかる 恰巧路過

風であちこちに飛んでしまった紙を、通りかかった人がみんなで拾ってくれた。

恰巧路過的人們把被風吹得到處都是的紙張撿了回來。

「〜かかる」

①今にも〜する　例：「木が枯れかかる」

②〜し始める　例：「仕事に取りかかる」

③ある方向に〜する　例：「壁に寄りかかる」「木が車の上に倒れかかる」

④（問題文中の用法）ちょうど〜する　例：「さしかかる」

参考 1、3、4は存在しない。

第5回

【21】 正解1

大騒ぎ 大混亂

授業中に大きい地震が起こり、教室は大騒ぎになった。

在上課時發生了大地震，教室裡變得一片混亂。

「大〜」=とても大きい〜

①サイズ、数量が大きい　例：「大型」「大声」

②（問題文中の用法）程度が激しい　例：「大仕事」「大地震」「大掃除」「大金持ち」「大喜び」「大急ぎ」「大笑い」「大真面目」「大仕事」「大当たり」

③だいたいの　例：「大筋」

参考 2、3、4は存在しない。

【22】 正解1

見慣れる 看慣、看熟

その町の市場では、見慣れない、めずらしい野菜や魚などを売っている。

這個鎮上的市場裡，販賣著平常少見的蔬菜和魚。

「〜慣れる」=いつも〜して慣れる

　　[使い慣れたパソコン] 用慣了的電腦

　　[はき慣れた靴] 穿慣了的鞋

　　[言い慣れた言葉] 說慣了的話

参考 2「見上げる」 3「見届ける」 4「見送る」

【23】 正解3

できあがる（でき上がる）完成

卒業論文が締め切りの日の朝にやっとできあが

った。

畢業論文在最後期限日的早晨終於完成了。

「～上がる」

①（問題文中の用法）動作が完了する　例：「仕上がる」

②上の方向に～する　例：「立ち上がる」「起き上がる」「飛び上がる」

③とても～する（強調）　例：「晴れ上がる」「震え上がる」「燃え上がる」

参考 1、2、4は存在しない。

【24】　正解3

見直す　重看、重新看、重新評價

提出する前に、間違いがないかどうか、答案をもう一度見直してください。

在交出以前，重新再看一下答案，看看有沒有錯。

「～直す」＝（よくなるように）もう一度～する

　　　［言い直す］重說

　　　［やり直す］重做

　　　［書き直す］重寫

　　　［考え直す］重新考慮

参考 1「見返す」　2「見守る」　4「見回る」

【25】　正解4

取り消す　取消

旅行の直前に、急な仕事が入り、ハワイ旅行の予約を取り消した。

在去旅行前，突然有工作要做，只好取消了夏威夷旅行。

「取り＋動詞」＝（動詞の意味を強める）

　　　［取り囲む］忙亂、拿進來、騙取

　　　［取り決める］決定、規定

　　　［取り付ける］安、裝、經常購買、擠兌

　　　［取り上げる］拿起、採納、奪取

　　　［取り入れる］收穫、收進、引進、導入

参考 1「取り出す」　2「取り入れる」　3「取り上げる」

第6回

【26】　正解4

安全性　安全性

X社のこの車は、デザインは優れているが、安全性に問題がある。

X公司的這款車，在設計上非常優秀，但是在安全性上有問題。

「～性」＝そのような性質をもっている様子

　　　［危険性］危險性

　　　［可能性］可能性

　　　［植物性］植物性

　　　［芸術性］藝術性

　　　［多様性］多樣性

　　　［普遍性］普遍性

参考 1、2、3は存在しない。

【27】　正解3

乗りこす（乗り越す）　坐過站

帰りの電車で居眠りをして、2駅も乗りこしてしまった。

在回來的電車上打了瞌睡，坐過頭兩站。

「～越す」＝目標のところより多く～する

　　　［飛び越す］飛越

　　　［追い越す］超過、超過

　　　［通り越す］走過、越過

　　　［繰り越す］轉入、撥歸、轉撥

参考 1「乗りすぎる」　2「乗り合う」　4は存在しない。

【28】　正解1

名作　名作

この本は、ぜひ子供に読ませたい名作だ。

這本書，是務必要讓孩子們一讀的名作。

「名～」＝すばらしい／非常にすぐれている～

　　　［名産品］名產品

　　　［名監督］名導演

　　　［名所］名勝

　　　［名曲］名曲

　　　［名人］名人

　　　［名手］名手、名人

　　　［名医］名醫

　　　［名歌手］著名歌手

　　　［名優］名演員

[名店] 名店

[名言] 名言

[名案] 好主意、好辦法

参考 2、3、4は存在しない。

【29】　正解3

受けもつ（受け持つ） 掌管、擔任

私が教師になって初めて受けもったのは、かわいい1年生のクラスでした。

我當老師後第一次擔任的是可愛的一年級學生的班級。

「受け＋動詞」 ＝自分に向けられたのを受けて〜する

　　　[受け取る] 接受

　　　[受け付ける] 受理、接受

　　　[受け入れる] 接納、容納

　　　[受け止める] 接住、擋住、阻止、理解

参考 1「受け入れる」 2「受け取る」 4は存在しない。

【30】　正解3

悪循環（あくじゅんかん）惡性循環

ダイエットをするとストレスがたまり、逆にもっと食べてしまう。そうするとまたダイエットしなければならなくなる。これこそ悪循環というものだ。

減肥時壓力增加，反而吃得更多，如此一來又不得不減肥了，這才是所謂的惡性循環。

「悪〜」 ＝悪い〜／よくない〜

　　　[悪天候] 壞天氣、惡劣的天氣

　　　[悪習慣] 壞習慣

　　　[悪友] 壞朋友

　　　[悪趣味] 不良嗜好

　　　[悪条件] 不好的條件、惡劣的條件

参考 1、2、4は存在しない。

第7回

【31】　正解2

売りきれる（売り切れる） 賣完、售完

おいしいと評判のケーキを買いに行ったが、売りきれていて買えなかった。

去買口碑好的蛋糕，結果賣完了沒買到。

「〜切れる」

① **（問題文中の用法）** 全部〜して、なくなる

②〜して切れる　例：「すり切れる」

③最後まで、完全に〜することができる　例：「食べきれる」「言いきれる」「待ちきれない」「断りきれない」

⚠ 「〜きれない」の形で「〜できない」という意味を表す使い方が多い。

参考 3「売り出す」 1、4は存在しない。

【32】　正解2

少子化 （出生率低而造成的）少子化

日本で少子化が進んでいる原因のひとつとして、結婚の時期が遅くなっていることがあげられる。

日本少子化日趨嚴重的原因之一是因為大家結婚的年齡變晚。

「〜化」 ＝そのように変わること／そのように変えること

　　　[機械化] 機械化

　　　[高齢化] 高齢化

　　　[美化] 美化

　　　[工業化] 工業化

　　　[近代化] 現代化

　　　[民主化] 民主化

　　　[自由化] 自由化

　　　[合理化] 合理化

　　　[温暖化] 氣候暖化

参考 1、3、4は存在しない。

【33】　正解3

大仕事（おおしごと）重大工作

今回のイベントは、この会社に入って初めての大仕事だから、みんな張り切っている。

這次的活動是進這家公司的第一次重大工作，大家幹勁十足。

「大〜」 ＝とても大きい〜　「〜」は和語が多い

① **（問題文中の用法）** サイズ、数量、規模が大きい

　　　[大型]（おおがた）大型

[大声] 大聲

②程度が激しい

  [大騒ぎ] 大混亂

  [大地震] 大地震

  [大掃除] 大掃除

  [大金持ち] 大富翁

  [大喜び] 非常高興

  [大急ぎ] 非常著急

  [大笑い] 大笑

  [大真面目] 非常認真

  [大当たり] 大成功、中選

③だいたいの

  [大筋] 梗概、概略

「大〜」＝とても〜　「〜」は漢語が多い

①程度が激しい

  [大事件] 重大事件、重大案件

  [大問題] 大問題、重大問題

  [大恋愛] 大戀愛

  [大評判] 轟動一時、非常出名

  [大好評] 廣受好評、深受歡迎

②りっぱな

  [大選手] 有名選手

  [大作曲家] 大作曲家

  [大企業] 大企業

参考 1、2、4は存在しない。

【34】　正解4

飛び出す　飛起、起飛、跑出去、跳出

自転車で走っていたら、横道から子供が飛び出してきて、びっくりした。

騎著自行車前進時，從岔路跑出一個小孩，嚇了一大跳。

「〜出す」

①〜はじめる　例：「降り出す」「泣き出す」「歩き出す」「言い出す」

②（問題文中の用法）中から外へ動く　例：「流れ出す」「抜け出す」「思い出す」

参考 1、2、3は存在しない。

【35】　正解1

取り入れる　收穫、收割、收進、導入、引進

母はいつも、肉、魚、野菜をバランスよく取り入れた料理を作ってくれる。

母親總是用肉、魚、蔬菜等（營養）均衡地為我們做菜。

「取り＋動詞」＝（動詞の意味を強める）

  [取り囲む] 忙亂、拿進來、騙取

  [取り決める] 決定、規定

  [取り付ける] 安、裝、經常購買、擠兌

  [取り上げる] 拿起、採納、接受、奪取

参考 2「取り直す」　3「取り下げる」　4「取り上げる」

第8回

【36】　正解3

引きかえす（引き返す）返回、折回

もう少しで頂上というところまで行ったが、急に天気が悪くなったので仕方なく引きかえした。

再過一下就要到達頂峰，突然天氣變壞了，不得不折回去了。

「引き＋動詞」＝（動詞の意味を強める）

  [引き上げる] 吊起、打撈、提高（物價）

  [引き受ける] 承擔、負責、保證、繼承

  [引き出す] 抽出、引導出來、提出、取款

  [引き止める] 留、挽留

  [引き取る] 退出、離去、回去、取回

  [引っ張る] 拉、拉緊、強拉走

  [引っかける] 掛（上）、披上、欺騙

参考 4「引き分ける」　1、2は存在しない。

【37】　正解3

思い込む　深信、確信、認定

以前は英語なんて話せないと思い込んでいたが、海外からの客が増えて、どうしても話さないわけにはいかなくなった。

以前認定自己肯定不會講英文，但國外的顧客漸漸增加，無論如何不得不講了。

「〜込む」

①中に入る　例：「プールに飛び込む」「敵国へ攻め込む」「かばんに荷物を詰め込む」「申し込

漢字読み　表　記　語形成　文脈規定　言い換え類義　用　法

む」「払い込む」
② （問題文中の用法）よく、深く～（する） 例：「考え込む」「教え込む」「話し込む」

参考 1「思い直す」 2「思いつく」 4「思い出す」

【38】 正解3
温暖化　氣候暖化
地球温暖化の影響だろうか、異常気象が続いている。
不知是否是受到地球暖化的影響，異常氣候還在持續著。
「～化」＝そのように変わること／そのように変えること

[機械化] 機械化
[高齢化] 高齢化
[美化] 美化
[工業化] 工業化
[近代化] 現代化
[民主化] 民主化
[自由化] 自由化
[合理化] 合理化
[少子化] 少子化

参考 1、2、4は存在しない。

【39】 正解4
非公開　非公開
この仏像は国宝だが、一般には非公開になっている。
因為這尊佛像是國寶，一般是不對外公開的。
「非～」＝～ではない

[非常識] 沒有常識、不合乎常理
[非公式] 非正式
[非日常的] 不平常的、不是日常的
[非科学的] 不科學的

参考 1、2、3は存在しない。

【40】 正解2
無意識　無意識
タバコはやめたはずなのに、無意識に灰皿のある場所を探してしまう。

已經戒菸了，但還是無意識地尋找有菸灰缸的場所。
「無～」＝～がない

[無理解] 不理解
[無差別] 無差別
[無休] 沒有休息日
[無職] 無職業、無業
[無意味] 無意義
[無関係] 無關係
[無期限] 無期限
[無制限] 無限制
[無計画] 無計劃
[無関心] 不關心、不介意、不感興趣

「無～」＝～がない

[無遠慮] 不客氣、不考慮別人
[無愛想] 不親切
[無作法] 沒禮貌

参考 1「無意味」 3「無遠慮」 4「無感覚」

第9回

【41】 正解4
引きうける(引き受ける) 承擔、負責、保證、繼承、接受
上司に結婚式でのスピーチを頼んだところ、快く引きうけてくれた。
請求上司在婚禮上致詞，很快就接受了。
「引き＋動詞」＝（動詞の意味を強める）

[引き上げる] 吊起、打撈、提高（物價）
[引き出す] 抽出、引導出、提出、取款
[引き止める] 留、挽留
[引き取る] 退出、離去、回去、取回
[引っ張る] 拉、拉緊、強拉走
[引っかける] 掛（上）、披上、欺騙

参考 1「引き止める」 3「引き上げる」 2は存在しない。

【42】 正解2
高性能　高性能
高性能で、しかも値段が安いパソコンはありませんか。
有沒有高性能而且價錢便宜的電腦？
「高～」＝高い～／～が高い

　　　　［高血圧］高血壓
　　　　［高収入］高收入
　　　　［高学歴］高學歷
　　　　［高学年］高年級
　　　　［高カロリー］高卡路里
参考 1、3、4は存在しない。

【43】　正解1
引きとめる　留、挽留
会社を辞めると言う彼を説得したが、引きとめることはできなかった。
對要辭掉公司的他進行了勸說，但是沒能挽留他。
「～とめる」
①～して残す　例：「書きとめる」
②（**問題文中の用法**）～して動きを止める　例：「引きとめる」「抱きとめる」「受けとめる」
参考 2「引き返す」　3「引き出す」　4「引き裂く」

【44】　正解2
低学年　低年級
この図書館には小学校の低学年向きのやさしい本がたくさんあります。
這間圖書館裡有很多以小學低年級學生為對象的簡單易懂的書籍。
「低～」＝低い～／～が低い
　　　　［低カロリー］低卡路里
　　　　［低血圧］低血壓
　　　　［低収入］低收入
　　　　［低空］低空
　　　　［低年齢］低年齡、年齡小
参考 1、3、4は存在しない。

【45】　正解1
呼びかける　招呼、呼喚、號召
交差点の近くには安全運転を呼びかけるポスターが貼られている。
在十字路口張貼著呼籲大家注意駕駛安全的宣傳廣告。
「～かける」
①～し始める、途中まで～（する）　例：「言いかける」「食べかける」
②今にも～しそうになる　例：「死にかける」
③（**問題文中の用法**）相手に～（する）　例：「働きかける」「話しかける」
参考 2「呼びつける」　4「呼び入れる」　3は存在しない

【46】　正解3
高齢化　高齡化
高齢化がこのまま進むと、50年後には3人に1人が高齢者になる。
如果人口高齡化這樣發展下去的話，50年後，3個人中就會有一個是老年人。
「～化」＝そのように変わること。そのように変えること
　　　　［機械化］機械化
　　　　［美化］美化
　　　　［工業化］工業化
　　　　［近代化］現代化
　　　　［民主化］民主化
　　　　［自由化］自由化
　　　　［合理化］合理化
　　　　［少子化］少子化
　　　　［温暖化］氣候暖化
参考 1、2、4は存在しない。

【47】　正解3
再開発　重新開發
駅前の再開発で古くからある商店街がなくなるのはさびしい。
車站周圍重新開發，令人傷心的是從前舊有的那些商店街將會消失。
「再～」＝もう一度～
　　　　［再検討］重新討論
　　　　［再試験］重新測驗
　　　　［再入国］再次入境
　　　　［再評価］重新評估
　　　　［再発見］重新發現
参考 1「未開発」　2「新開発」　4は存在しない。

【48】　正解3

飛びかかる　猛撲過去（過來）

ドアを開けたとたん、1匹の猫が飛びかかってきた。

在開門的一瞬間，一隻貓猛撲過來。

「～かかる」

①今にも～する　例：「木が枯れかかる」

②～し始める　例：「仕事に取りかかる」

③（**問題文中の用法**）ある方向に～する

例：「壁に寄りかかる」「木が車の上に倒れかかっている」

④ちょうど～する　例：「通りかかる」

参考1「飛び上がる」　2「飛び抜ける」　4「飛び回る」

【49】　正解2

危険性　危險性

飲酒後の運動や入浴は、事故につながる危険性があるので気をつけましょう。

酒後運動或沐浴，經常伴隨發生事故的危險性，請大家注意。

「～性」＝そのような性質をもっていること

[可能性] 可能性

[植物性] 植物性

[芸術性] 藝術性

[多様性] 多樣性

[普遍性] 普遍性

[安全性] 安全性

参考1、3、4は存在しない。

【50】　正解3

話しかける　搭話、打招呼

好きな人に会ってもドキドキするばかりで、話しかける勇気がなかなか出ない。

見到喜歡的人只是心跳得厲害，怎麼也沒有打招呼的勇氣。

「～かける」

①～し始める、途中まで～（する）

例：「言いかける」「食べかける」

②今にも～しそうになる　例：「死にかける」

③（**問題文中の用法**）相手に～（する）

例：「働きかける」「呼びかける」

参考1「話し出す」　2、4は存在しない。

文脈規定

第1回

【1】 正解2

飼う 飼養

10年間飼っていた犬が、昨日死んでしまった。

飼養了10年的狗，昨天死去了。

覚えよう 「犬を2匹飼っている」「動物を飼う」

参考 4 「生える」長，生，發

🔑 「犬」

【2】 正解1

つき当たり（突き当たり）撞上，盡頭

新町高校は、この道のつき当たりを右に曲がると、左側にあります。

新町高中，就在這條路的盡頭向右轉後的左邊。

覚えよう 「道のつき当たり」

参考 2 「つき合い」（付き合い）交往

3 「隅」角落

4 「奥」裡頭，深處

🔑 「この道の〜」の「〜」と合うのは「つき当たり」だけ

【3】 正解4

長引く 拖長，拖延

出席者の意見がなかなかまとまらず、会議が長引いている。

出席者的意見怎麼也不能統一，會議延長了。

覚えよう 「会議が長引く」「風邪が長引く」

参考 1 「（〜を）延長する」延長

2 「（〜が）長持ちする」耐用

3 「（〜を）延期する」延期

🔑 「意見がなかなかまとまらず」

【4】 正解2

夢中（な）熱衷

弟はゲームに夢中だ。呼んでも返事をしない。

弟弟熱衷玩遊戲。喊他也沒反應。

覚えよう 「ゲームに夢中だ」

参考 1 「集中（する）」集中

3 「熱中（する）」熱衷

4 「最中（だ）」正在〜中

🔑 「ゲーム」「返事をしない」

⚠ 「夢中だ」＝「熱中している」（「熱中」は「熱中する／熱中している」と言うが、「熱中だ」とは言わない。反対に「夢中」は「夢中する」とは言わない）

【5】 正解3

消防 消防

消防自動車がサイレンを鳴らして火事の現場へ走っていった。

消防車一邊鳴著警笛一邊駛向火災現場。

覚えよう 「消防自動車／消防車」

参考 1 「防火」防火

2 「防災」防災

🔑 「サイレンを鳴らして」「火事の現場へ」

【6】 正解2

つまずく 絆倒，摔倒，跌跤

山道を歩いているとき、石につまずいて転んでしまった。

走在山路時，被石頭絆到跌了一跤。

覚えよう 「石につまずく」

参考 1 「すべる」（滑る）滑

3 「しゃがむ」蹲，蹲下

4 「もぐる」（潜る）潛，潛水

🔑 「歩いているとき」「石に」

【7】 正解2

さらに 更，更加

台風の接近で、雨がしだいに激しくなり、さらに強い風も吹き始めた。

由於颱風的接近，雨下得越來越猛烈，而且開始颳起了強風。

覚えよう 「雨が激しくなり、さらに風も強くなった」

参考 1 「大いに」＝非常に／大変（〜する）

例：夏休みには旅行をして大いに楽しんだ。

3 「ようやく」＝やっと

例：雨が３日間降り続いたが、４日めにようやく止んだ。

４「ただちに」＝その後すぐに（後に、意志でする行為がくる）

例：みんな集まったら、ただちに出かけます。

🔍「雨が激しくなり、〜強い風も吹き始めた」

第２回

【８】　正解１

常識　常識

そんなことは常識だ。だれでも知っていることだよ。

那是常識啊。是誰都知道的事。

覚えよう「常識がない人」

参考２「知識」知識

３「行事」儀式

４「知事」知事，首長

🔍「だれでも知っていること」

【９】　正解１

問い合わせ　詢問，諮詢

入学試験についての電話による問い合わせは、平日の午前９時から午後６時まで受け付けています。

關於入學考試的電話諮詢，平日上午９點到下午６點受理。

覚えよう「電話による問い合わせ／電話での問い合わせ」

参考２「答え合わせ」對照（正確）答案

３「打ち合わせ」事先商量，磋商

４「待ち合わせ」等候，約會，碰面

🔍「入学試験についての」「電話による」

【10】　正解３

素人　外行，業餘愛好者

美術品の価値を判断することは素人には難しい。

對於外行人來說，要判斷美術品的價值是很難的。

覚えよう「素人には難しい」

参考１「知人」相識，熟人

２「成人」成人

４「玄人」内行，行家，専家　＝「素人」の反対語

🔍「（判断するのは）難しい」に合うのは「専門家ではない人＝素人」

【11】　正解１

ふざける　開玩笑

体育の時間に友だちとふざけていたら、「まじめにやりなさい」と先生にしかられた。

上體育課時和朋友開玩笑，被老師斥責："請認真上課。"

覚えよう「友だちとふざける」

参考２「くだける」（砕ける）破碎，粉碎

３「もうける」（儲ける）賺錢，發財

４「たすける」（助ける）幫助

🔍「まじめにやりなさい」「しかられた」

【12】　正解４

ずるい　狡猾

カンニングをして良い成績を取ろうとするなんて、ずるいよ。

靠考試作弊謀取好成績，太狡猾了。

覚えよう「カンニングはずるい」

参考１「にぶい」（鈍い）遲鈍

２「ゆるい」鬆，放鬆

３「もろい」脆弱

🔍「カンニング」

【13】　正解４

知り合い　相識，結識

＝知人

彼女は、英語を教えている関係で外国人の知り合いが多い。

他在教英語，所以外國朋友很多。

覚えよう「知り合いが多い」

参考１「親戚」親戚

２「人物」人物，人

３「知事」知事，首長

🔍「外国人の〜が多い」

【14】　正解2

はたして（果たして）果，果然，果真，到底

＋疑問詞（だれ、どこ、いつ など）＝結局

一流選手がそろったこの大会で、はたしてだれが勝つのだろうか。

在一流選手雲集的這次比賽中，到底誰能取勝？

覚えよう「はたしてだれが勝つか」

参考3「とうとう」＋過去形＝結局

例：1時間も彼を待ったけれど、とうとう来なかった。

4「とっくに」＝ずっと前に、もう

例：準備はとっくに終わっています。

🔑「だれが」「勝つのだろうか」

第3回

【15】　正解3

初歩　初歩，初學，入門

ギターはぜんぜん弾けません。初歩から教えてください。

我完全不會彈吉他。請從入門開始教吧。

覚えよう「初歩から教える／初歩から習う」

参考1「初日」第一天

2「初心」初志，初願，初衷

4「初旬」上旬

🔑「ぜんぜん弾けません」「～から教えてください」

【16】　正解4

独身　單身

独身のときとちがって、結婚してからは毎晩早く帰宅するようになった。

和單身的時候不同，結婚後每天晚上很早就回家了。

覚えよう「まだ結婚していません。独身です」

参考1「単独」單獨

2「孤独」孤獨

3「独立」獨立

🔑「～のときとちがって、結婚してからは」

【17】　正解3

無事（な）平安，健康

大雨であちこちに被害が出たが、幸いにこの地域の住民は無事だった。

因為大雨，到處受災，幸好這個地區的居民平安無事。

覚えよう「無事でよかった」

参考1「無難（な）」無災無難（的），沒有缺點（的），無可非議（的）

2「無理（な）」無理（的），不合理（的），難以辦到（的），強制（的），強迫（的）

4「無駄（な）」徒勞（的），無用（的）

🔑「被害が出たが、幸いに」

【18】　正解1

しわ　皺紋，褶皺

シャツのしわをアイロンで伸ばした。

用熨斗燙平了襯衫的皺褶。

覚えよう「しわを伸ばす」

参考2「しみ」斑點，污點

3「きず」（傷）傷

4「むら」（斑）不均勻，有斑點，不齊，不定

🔑「～を伸ばす」

【19】　正解4

恐縮です　恐惶，對不起，過意不去，不好意思

お忙しいところ恐縮ですが、ちょっとおじゃましてもよろしいでしょうか。

在您繁忙的時候真對不起，打擾您一會兒可以嗎？

覚えよう「お忙しいところ恐縮ですが」

参考1「ごめんください」＝こんにちは（人の家を訪問したときに言う）／さようなら（人と別れるときに言う）

2「とんでもありません」＝いいえ、そんなことはありません（相手の言葉を強く否定して言う）

3「かまいません」＝いいです／大丈夫です

🔑「お忙しいところ」

【20】　正解3

当番　値日

うちの会社では、トイレの掃除当番が1週間に1回ある。

我們公司的廁所衛生值日每週一次。

覚えよう「掃除当番」「食事当番」

参考1「当分」暫時，一時

2「交番」派出所

4「交代」交替，換班

🔑「トイレの掃除」「1週間に1回」

【21】　正解3

納得（する）理解，領會，同意

相手を納得させるには、論理的で筋の通った説明が必要だ。

為了讓對方同意，在理論上合情合理的說明是必要的。

覚えよう「相手を納得させる」

参考1「解説(する)」＝説明

2「議論(する)」議論

4「説得(する)」說服

🔑「相手を～させる」

⚠相手を**説得**する⇒相手を**納得させる**⇒相手が**納得**する

第4回

【22】　正解2

日当たり　日照，光照

私の部屋は南向きで日当たりがいい。

我的屋子是朝南的，日照良好。

覚えよう「日当たりがいい部屋」

参考1「日の入り」日落

3「日の出」日出

4「日光」日光

🔑「南向き」「～がいい」

【23】　正解4

腐る　腐爛，腐敗，變質

夏は食べ物が腐りやすいので、気をつけてください。

夏天食物容易變質，請注意。

覚えよう「食べ物が腐る」

参考1「くずれる」（崩れる）倒下，倒塌

2「荒れる」鬧天氣，荒蕪，暴戾，變粗糙

3「破れる」撕破，破，打破，決裂

🔑「夏は」「食べ物が」

【24】　正解3

さける（避ける）避，避開，躲開

トラブルをさけるために、はじめにみんなでよく話し合っておこう。

為了避免麻煩，開始時大家好好談談吧。

覚えよう「トラブルをさける」

参考1「やめる」（止める）停止

2「ためる」（貯める）積，蓄，儲

4「とける」（解ける／溶ける）溶化，解開

🔑「トラブルを」「話し合っておこう」

【25】　正解2

中古　中古，半舊

景気が悪いせいか、新築よりも中古のマンションが売れているそうだ。

不知是否是因為景氣不佳，比起新蓋的公寓，還是中古的公寓賣得好些。

覚えよう「中古のマンション」「新築のマンション」

参考1「稽古」練習，練功，排演

3「古典」古典

4「古代」古代

🔑「新築よりも」（＝新築ではない）

【26】　正解4

豪華（な）豪華（的）

最近は、豪華で派手な結婚式よりも、地味な結婚式が増えているそうだ。

最近，比起豪華闊綽的婚禮，質樸的婚禮有所增加。

覚えよう「豪華な結婚式」

参考1「正式（な）」正式（的）

2「快適（な）」舒適（的）

3「重大（な）」重大（的）

🔑「～で派手な」

【27】　正解2
おかけください　請坐下
どうぞ、こちらにおかけください。今すぐ担当
のものが参りますので。
請在這裡坐一下。負責的人現在馬上就來。
覚えよう「こちらにおかけください」
参考1「お待ちください」「こちらでお待ちくだ
さい」
🔑「どうぞ、こちらに」

【28】　正解3
出身　出身
私の父は北海道の出身だ。
我的父親是北海道出身。
覚えよう「出身地」「出身国」「出身校」
参考1「出場」出場，上場
4「出生」出生
🔑「北海道の～だ」

第5回
【29】　正解3
実物　實物
あの女優はテレビで見るより実物のほうが美人
だ。
那位女演員本人比在電視上看到的更美麗。
覚えよう「写真より実物のほうがきれいだ」
参考1「本人」本人
2「自身」自己
4「素人」外行，業餘愛好者
🔑「テレビで見るより」（＝テレビではない）

【30】　正解3
徹夜　徹夜
昨夜は、今日しめ切りのレポートを徹夜で書い
た。
昨晚，徹夜寫了今天到期限的報告書。
覚えよう「徹夜でレポートを書く」
参考1「連続」連續
2「接続」連接

4「深夜」深夜
🔑「昨夜は」「今日しめ切りのレポート」

【31】　正解4
知恵　智慧
おばあちゃんが教えてくれる生活の知恵は、と
ても役に立ちます。
祖母教我的生活智慧，是非常有用的。
覚えよう「生活の知恵」
参考1「能力」能力
2「知能」智能
3「教養」教養
🔑「生活の」「役に立ちます」

【32】　正解2
募集（する）招集，招聘
当社では学歴、年齢に関係なく、やる気のある
社員を募集しています。
本公司不問學歷，年齡，招聘有幹勁的職員。
覚えよう「社員を募集する」
参考1「集合（する）」集合
3「就職（する）」就業
4「応募（する）」招募
🔑「やる気のある社員を」

【33】　正解4
異常（な）異常（的），非常（的）
大雨や温暖化などの異常気象が世界各地で問題
になっている。
大雨和氣候暖化等氣象異常現象，在世界各地都成了
問題。
覚えよう「異常気象」
参考1「例外」例外
3「不良」不良，不好
🔑「大雨や温暖化」「～気象」
⚠「気象変化」とは言うが、「変化気象」とは
言わない。

【34】　正解4
かしこまりました　知道了，明白了

＝（ていねいな表現）

コピーを 10 枚ですね。はい、かしこまりました。すぐにいたします。

是要影印 10 張嗎？好的。馬上好。

覚えよう「はい、かしこまりました」

参考 1「お待ちどうさま」＝お待たせしてごめんなさい

2「ご遠慮なく」不要客氣　＝どうぞ遠慮しないでください

3「ご苦労さま」＝大変です（大変でした）ね、ありがとうございます

🔑「すぐにいたします」

【35】　正解 1

真剣（な）認真（的）

弟は高校 3 年になって、ようやく進路について真剣に考えるようになった。

弟弟到了高中 3 年級，終於認真的考慮將來的出入。

覚えよう「真剣に考える」

参考 2「正直（な）」正直（的）

3「安易（な）」安逸，容易（的）

4「器用（な）」靈巧（的）

🔑「進路について〜考える」

第6回

【36】　正解 3

しまった　糟糕，糟了，不好

あ、しまった。どうしよう。レポートのしめ切りは明日だと思っていたけど、今日だった。どうしよう。

糟了。怎麼辦？以為報告書的期限是明天，原來是今天。

覚えよう「あ、しまった。どうしよう」

参考

1「さあ」

①人を誘うとき、人を促すときに言う。

在勸誘或促使人做某事時說。

例：さあ、行こう。

②「わからない、知らない」と言うときに言う。

表達"不明白，不知道"時說。

例：さあ、それはわかりません。

2「よし」＝強い気持ちを表す言葉

表示很強的心情。

例：よし、これでいい、大丈夫だ。

4「しめた」＝自分が思うとおりにうまくいったことを喜ぶときに言う。

在表示自己所想的事做得很順利，非常高興的心情時用。例：しめた、うまくいった。

🔑「明日だと思っていたけど、今日だった」

【37】　正解 1

メンバー　成員，隊員

野球のチームを作りたいけれど、メンバーがあと 2 人足りない。

想成立一個棒球隊，還差 2 名隊員。

覚えよう「チームのメンバー」

参考 2「シャッター」快門，百葉窗

3「スター」星，明星

4「メーター」米（指長度單位）

🔑「チーム」「2 人」

【38】　正解 4

欧米　歐美

＝欧州（ヨーロッパ州）と米国（アメリカ合衆国）

ヨーロッパとアメリカを欧米という。

歐洲和美國合稱為歐美。

覚えよう「欧米への旅行」「欧米諸国」

参考 2「欧亜」＝ヨーロッパ州とアジア州

1、3 の語は存在しない。

🔑「ヨーロッパとアメリカ」

【39】　正解 3

さわやか（な）清爽（的）

朝起きて窓を開けると、初夏のさわやかな風が入ってきた。

早晨起來打開窗戶，初夏清爽的風吹了進來。

覚えよう「さわやかな風」

参考 1「気楽（な）」舒暢（的），舒適（的）

2 「なだらか(な)」平穏(的),流暢(的)

4 「にわか(な)」突然,馬上

🔍 「初夏の〜風」

【40】 正解2

おしゃれ　時髦,愛打扮

髪の色を変えたり、アクセサリーを身につけたりして、おしゃれをする男性が増えている。

改變頭髮的顔色,身上戴著首飾,愛打扮的男性增加了。

覚えよう 「男性もおしゃれをする」「おしゃれな人」

参考 1 「服装」服装

3 「流行」流行

4 「ファッション」流行,時尚,様式

🔍 「髪の色を変えたり、アクセサリーを身につけたり」

【41】 正解3

いねむり(居眠り)打盹

授業中にいねむりをして先生に叱られた。

在上課時打盹被老師斥責了。

覚えよう 「授業中にいねむりをする」

参考 1 「いびき」鼾

例：いびきをかく　打鼾

2 「いるす」(居留守)

例：いるすをつかう＝本当は居るのに「居ない」ように見せかける

4 「いごごち」(居心地) 心情,感覺

例：いごごちがいい／いごこちが悪い

心情好／心情不好

🔍 「〜をして(〜をする)」と合うのは「いねむり」だけ。

【42】 正解1

混乱(する)混亂

突然難しい質問をされた。頭が混乱して、考えがまとまらなかった。

突然被提問很難的問題。頭腦一片混亂,思緒變得沒有條理。

覚えよう 「頭が混乱する」

参考 2 「混合(する)」混合

3 「混同(する)」混同

4 「混雑(する)」混亂,混雜

🔍 「頭が」「考えがまとまらなかった」

第7回

【43】 正解3

手間　勞力和時間

初めてケーキを作ってみた。時間と手間がかかったけれど、楽しかった。

第一次試著做蛋糕。用了很多勞力和時間,但是很快樂。

覚えよう 「手間がかかる」

参考 1 「面倒」麻煩

2 「苦労」辛苦,勞苦,艱難

4 「世話」幫助,幫忙,照料,照顧

🔍 「時間と」「〜がかかった」

【44】 正解3

為替　匯兌,匯款

為替のレートは毎日変わる。

匯率每天都有變化。匯率每天都變。

覚えよう 「為替レート」匯率,兌換率

参考 1 「書留」掛號(信)

2 「価格」價格

4 「現金」現金

🔍 「レート(＝交換率)」

【45】 正解1

通過(する)通過,經過,駛過不停

次の電車は急行です。この駅は通過します。

下一班列車是快車,這個車站過站不停。

覚えよう 「急行電車が駅を通過する」

参考 2 「超過(する)」超過

3 「通行(する)」＝通る　通行

4 「直行(する)」直達,一直去

🔍 「次の電車は急行です」

【46】　正解3

くしゃみ　噴嚏

料理に胡椒をかけたとき、胡椒が鼻に入って、大きなくしゃみが出た。

在菜裡撒胡椒時，胡椒粉飛進了鼻子，打了一個大噴嚏。

覚えよう「胡椒が鼻に入って、くしゃみが出た」

参考1「いねむり」打盹

2「あくび」哈欠

4「いびき」鼾

🔍「胡椒が鼻に入って」

【47】　正解4

わずか（な）僅，少，一點點，不多

12月も半ばに入り、今年もあとわずかだ。

12月已進入中旬，今年剩下的時間不多了。

覚えよう「あとわずかだ」

参考1「みじめ（な）」悲慘（的）

2「にわか（な）」僅有（的），一點點的

3「余分（な）」多餘（的），剩餘（的）

🔍「あと」

【48】　正解2

しきりに　頻繁地，屢次地，再三

店員がS社の新製品をしきりにすすめるので、それを買った。

售貨員再三的介紹了S公司的新產品，於是就買了那個（新產品）。

覚えよう「店員がしきりにすすめるので、それを買った」

参考1「ついでに」＝そのときいっしょに（～する）

例：銀行へ行ったついでに、コンビニで買い物をした。

3「かってに（勝手に）」＝断りなく

例：人の家に勝手に入ると泥棒だと思われますよ。

4「ひっしに（必死に）」＝死にそうなくらいがんばって

例：山道を歩いていたらクマに出合ったので、必死に走って逃げた。

在山路上行走時碰到了熊，死命的拔腿逃跑。

🔍「店員が～すすめる」

【49】　正解2

トレーニング　訓練

プロの運動選手は、毎日のトレーニングを欠かすことができない。

對專業的運動選手來說，每天的訓練是不可少的。

覚えよう「毎日のトレーニング」

参考1「スタート」開始

3「テンポ」速度，拍子

4「コース」路線

🔍「運動選手」「毎日の」

第8回

【50】　正解3

ちゃくちゃくと（着々と）穩步而順利的，一步一步的

この会社では、新製品を発売するための準備がちゃくちゃくと進んでいる。

這家公司為開發新產品的準備，正在穩步而順利的進行著。

覚えよう「準備がちゃくちゃくと進んでいる」

参考1「いったん」（一旦）＝一度　一旦

例：踏切では、一旦車を停止する。

2「いきなり」＝突然　突然

例：ねこがいきなり飛び出してきて、道を横切った。

4「くれぐれも」＝よく、十分に　反覆，周到，仔細

例：お体をくれぐれもお大事に。

🔍「準備が～進んでいる」

【51】　正解1

バランス　平衡，均衡

栄養のバランスを取るには、野菜をたくさん食べることです。

為了保持營養均衡，要多吃蔬菜。

覚えよう「栄養のバランス」

参考 2 「メニュー」＝献立（こんだて）　菜單，食譜

3 「プラン」計劃

4 「カロリー」卡路里

🔍 「栄養の」「〜を取る」

【52】　正解 4

維持（する）維持

世界のどこかで戦争が起こっている。平和を維持するのは難しいことだ。

世界上總有什麼地方在發生戰爭。維持和平是很難的事。

覚えよう 「平和を維持する」

参考 1 「強調（する）」強調

2 「調節（する）」調節

3 「進歩（する）」進歩

🔍 「平和を〜する」

【53】　正解 2

焦点　焦點

結論を出すために、話し合いの焦点をしぼりましょう。

為了得出結論，讓我們抓住談話焦點吧。

覚えよう 「焦点をしぼる（絞る）」

参考 1 「場面」場面

4 「見当」估計，推測，預想

例：見当をつける

🔍 「〜をしぼりましょう」

【54】　正解 4

見解　見解

＝ある問題（重要な問題、難しい問題）についての考え

首相はインタビューで政府の重要課題に対する見解を明らかにした。

首相在接受採訪時，闡明了政府對重要課題的見解。

覚えよう 「首相が見解を明らかにした」

参考 1 「関心」關心

2 「想像」想像

3 「思想」思想

🔍 「政府の重要課題」「〜を明らかにする（＝〜

を発表する）」

【55】　正解 4

思いがけない　意想不到，意外

事故は思いがけないところで起こることが多いから、一瞬の注意も怠ることができない。

事故大多是在意想不到的地方發生的，即使是一瞬間的注意渙散，我們也不能姑息。

覚えよう 「思いがけない事故」

参考 1 「あっけない」太簡單，沒意思，沒勁

2 「あわただしい」慌張，匆忙

3 「たのもしい」可靠，靠得住

🔍 「一瞬の注意も怠ることができない」

【56】　正解 2

寿命　壽命

この国の女性の平均寿命は 80 歳である。

這個國家女性的平均壽命是 80 歲。

覚えよう 「平均寿命」

参考 3 「生命」生命

1、4＝生まれてから死ぬまでの生活

「寿命」は「時間の長さ」

🔍 「80 歳」

第9回

【57】　正解 1

たっぷり　充分，足夠

この料理は野菜がたっぷり入っているので、体にいいですよ。

這道菜裡放了很多蔬菜，對身體很好。

覚えよう 「野菜がたっぷり入っている料理」

参考 2 「くっきり」特別鮮明，顯眼

3 「こっそり」悄悄地，偷偷地

4 「ぐっすり」＝よく（眠る）酣睡，熟睡

🔍 「野菜が〜入っている」

【58】　正解 1

ベテラン　老手，老練的人

彼女は、この仕事では 20 年のキャリアがあるベテランだ。

她是從事這項工作 20 年的老手。

覚えよう 「20 年のキャリアがあるベテラン」

参考 2 「アンテナ」天線

3 「サークル」團體, 社團夥伴

4 「ステージ」舞台, 講台

⚲ 「20 年のキャリア」

【59】 正解 2

すれちがう 交錯, 錯過

この道は狭いから、車がすれちがうのは難し
い。

這條路很窄, 車輛很難交錯駛過。

覚えよう 「車がすれちがう」

「上り電車と下り電車がすれちがった」

参考 1 「ずれる」離開, 移動

3 「それる」脱離正軌

4 「ダブる」重複, 重疊

⚲ 「この道は狭いから」「車が」

【60】 正解 3

分布 分布

レポートを書くために、世界の人口の分布を調
べてみた。

為了寫報告書, 調查了世界上的人口分布。

覚えよう 「人口の分布／人口分布」

参考 1 「分解」分解

2 「分野」領域, 範圍

4 「分数」分數

⚲ 「人口の」

【61】 正解 2

行動 行動

社会人は自分の行動に責任をもたなければなら
ない。

社會人必須對自己的行為負責。

覚えよう 「行動に責任をもつ」

参考 1 「実行」實行

3 「行進」行進, 遊行

⚲ 「～に責任をもたなければならない」

【62】 正解 3

さかさま 逆, 倒, 顛倒, 相反

この荷物は上下がさかさまにならないように注
意して運んでください。

搬運這件行李時請注意不要上下顛倒。

覚えよう 「上下さかさま」

参考 1 「おのおの」各自, 各位

2 「べつべつ」分別, 各自

4 「ばらばら」凌亂

⚲ 「上下」

【63】 正解 4

しっかり 結實, 牢固, 好好地

試験の前日はしっかり睡眠を取ったほうがい
い。

考試的前一天要好好的睡一覺才好。

覚えよう 「しっかり眠る」「しっかり勉強する」

参考 1 「こっそり」＝他人に気づかれないよう
に静かに

悄悄地, 偷偷地＝為了不被別人發現而悄悄地

例：会議中にこっそり部屋を出た。

2 「めっきり」＝変化が目立って

顯著, 急遽＝非常明顯的變化

例：朝晩、涼しくなって、めっきり秋らしくな
った。

⚲ 「～睡眠を取ったほうがいい」

第 10 回

【64】 正解 1

現場 現場

110 番通報から約 5 分後、警察が事故の現場に
到着した。

向 110 報警大約 5 分鐘後, 警察到達了事故現場。

覚えよう 「事故の現場」

参考 2 「現状」＝現在の状況／現在の状態

現狀＝現在的狀況 / 現在的狀態

4 「場面」場面

⚲ 「事故の」「～に到着した」

【65】　正解2

ほこり　灰塵

この部屋、床がほこりだらけですね。雑巾でふいてください。

這間屋子的地上都是灰塵。請用抹布擦一下。

覚えよう 「ほこりだらけ」

参考 1 「じゅうたん」地毯

3 「紙くず」紙屑

4 「毛布」毛毯

🔑 「雑巾でふいてください」1、3、4は、雑巾でふくことができない。

【66】　正解3

あいにく　不湊巧，偏巧

その日は、あいにく朝から雨で、運動会は中止になった。

那一天，不湊巧從早上開始下雨，運動會中止了。

覚えよう 「あいにく雨が降ってしまった」

参考 1 「しだいに」（次第に）＝だんだん／少しずつ／徐々に2 「そのうち」＝まもなく／いつか

例：そのうち一緒に食事をしませんか。

4 「おもわず」（思わず）＝意識しないで

禁不住，不由得＝無意識

例：うれしくて、おもわず「バンザイ！」とさけんだ。

🔑 「雨が降ってしまって」

【67】　正解2

あやしい　可疑的，奇怪的

あの男はさっきからうちの前をうろうろしている。あやしい。

那個男人從剛才起一直在我家前面徘徊，很可疑。

覚えよう 「あやしい人」

参考 1 「ぬるい」微溫，溫的

3 「ずるい」狡猾

4 「けわしい」險峻，陡峭

🔑 「うちの前をうろうろしている」

【68】　正解3

熱中（する）熱衷

うちの息子は、最近野球に熱中していて、ちっとも勉強しない。

我兒子最近熱衷於棒球，一點都不唸書。

覚えよう 「スポーツに熱中する」

参考 1 「恐縮（する）」恐惶，過意不去

2 「注目（する）」注目

4 「感動（する）」感動

🔑 「野球に」「ちっとも勉強しない」

【69】　正解3

イメージ　形象，表象，印象

生徒のみなさん、この学校のイメージを悪くするようなことは絶対にしないでください。

學生們，請絕對不要做有損這所學校形象的事。

覚えよう 「学校のイメージ」「国のイメージ」「人のイメージ」

参考 1 「ポイント」要點，點，得分

2 「サービス」服務

4 「マイナス」負，負面的

🔑 「学校の」「〜を悪くする」

【70】　正解3

献立　菜單

毎日家族の健康を考えながら食事の献立を決めています。

每天一邊考慮家人的健康，一邊決定做什麼菜。

覚えよう 「食事の献立」

参考 1 「予算」預算

2 「支出」支出

4 「栄養」營養

🔑 「食事の〜」「〜を決めています」

第11回

【71】　正解3

ふく（拭く）擦，擦拭

テーブルが汚れていますね。きれいにふいてください。

桌子很髒呢，請擦乾淨。

覚えよう「テーブルをふく」

参考 1 「ほす」(干す) 晒乾

2 「ほる」(掘る) 挖掘

4 「ふれる」(触れる) 碰，觸

🔍「汚れていますね」「きれいに」

【72】 正解 2

にらむ（睨む）盯視，瞪眼，怒目而視

電車の中で私の携帯電話が鳴った。となりの男の人にこわい目でにらまれた。

在電車裡我的手機響了。被旁邊的男人用可怕的眼神瞪了一下。

覚えよう「人ににらまれる」「こわい目でにらむ」

参考 1 「ねじる」擰，轉，扭轉

3 「見つける」發現

4 「見直す」見起色，重看，重新

🔍「携帯電話がなった」「こわい目で」

【73】 正解 4

きっかけ 起首，開端，機會

＝何か重要なことを始めることになった原因

日本のアニメを見たことが日本語の勉強を始めるきっかけになった。

看日本的動畫片成了開始學習日語的契機。

覚えよう「日本語の勉強を始めたきっかけ」

参考 1 「目標」目標

2 「思いつき」一時想起，偶然的想法

3 「針路」前進方向，航向，路線

🔍「〜を始める」

【74】 正解 2

平均 平均

8月の東京の平均気温は 30 度を超えた。

8 月分東京的平均氣溫超過了 30 度。

覚えよう「平均気温」平均氣溫

「平均寿命」平均壽命

参考 1 「平気（な）」冷靜（的），不在乎（的）

3 「平行」平行

4 「平凡（な）」平凡（的）

🔍「8月の平均」

【75】 正解 2

しつこく（しつこい）過濃，討厭，糾纏不休

はっきり断ったのに、いつまでもしつこく誘われて困っている。

我已很明確的拒絕了，這樣糾纏不休地勸誘讓我很為難。

覚えよう「しつこく誘う」「しつこい人はきらいだ」

参考 1 「おそらく」＝たぶん

例：彼女はおそらく来ないだろう。

🔍「断ったのに」「いつまでも」

【76】 正解 3

どうせ 反正，終歸

面倒な仕事だが、どうせやらなければならないのだから、早くやってしまおう。

雖然是麻煩的工作，但終究是不做不行的，那就乾脆早一點做吧。

覚えよう「どうせやらなければならないのだから、やってしまおう」

参考 1 「どうも」＝たぶん

例：黒い雲が出てきた。どうも雨が降るようだ。

2 「どうか」＝どうぞ

例：どうかよろしくお願いします。

🔍「やらなければならないのだから」

【77】 正解 2

カーブ 彎曲，曲線，轉彎，拐彎

その車は、急なカーブを曲がりきれずに、家のかべにぶつかった。

那輛車急轉彎的地方沒來得及轉，撞到了我家的牆。

覚えよう「急なカーブ」

参考 1 「ブレーキ」刹車

3 「バック」倒退

4 「ハンドル」方向盤

🔍「急な」「曲がりきれずに」

第 12 回

【78】 正解 3

口実 藉口

彼女は、しばしば母親の病気を口実にして仕事を休む。

她屢次藉口母親生病不來上班。

覚えよう「母親の病気を口実にして仕事を休む」

参考 1 「証明」證明

2 「原因」原因

4 「条件」條件

🔍 「仕事を休む」（「口実」は、よくないことをするときの理由）

【79】 正解2

割引 折扣，減價

団体だと、割引で料金が安くなる。

團體的話，可以打折扣，費用更便宜。

覚えよう「割引料金」「団体割引」

参考 1 「割合」比例

3 「取引」交易，買賣

4 「価値」價値

🔍 「料金が安くなる」

【80】 正解3

なぐさめる（慰める）安慰

失恋して落ち込んでいる友だちをなぐさめるために、一緒にお酒を飲んだ。

為了安慰因失戀而心情沮喪的朋友，我們一起喝了酒。

覚えよう「友だちをなぐさめる」

参考 1 「あきらめる」（諦める）斷念頭，死心

2 「かわいがる」愛，喜愛，疼愛

4 「かたむける」（傾ける）傾斜

🔍 「落ち込んでいる友だちを」

【81】 正解4

強引に（強引な）強行

重役たちの反対にもかかわらず、社長は新しい経営方針を強引に進めてしまった。

不管高層的反對，社長強行推展新的經營方針。

覚えよう「反対されても強引に進める」「強引なやり方」

参考 1 「深刻に」（深刻な）深刻（的）

2 「利口に」（利口な）聰明（的）

3 「率直に」（率直な）直率（的）

🔍 「反対にもかかわらず」

【82】 正解3

ダイヤ（鉄道の）行車時間表

今朝の事故の影響で、今日は新幹線のダイヤが乱れた。

因為今晨事故的影響，今天新幹線的行車時間被打亂了。

覚えよう「新幹線のダイヤ」

参考 1 「トップ」最高層，領導階層，首位

2 「タイム」時間

4 「タイヤ」輪胎，車胎

🔍 「新幹線の」「〜が乱れる」

⚠️ 「ダイヤ」には「ダイヤモンド」の意味もある。

【83】 正解1

分析（する）分析

売り上げのデータを分析して、今後の販売計画を立てよう。

分析一下銷售額的數據，再來制定今後的銷售計畫吧。

覚えよう「データを分析する」

参考 2 「分解(する)」分解

3 「分布（する）」分布

4 「分担(する)」分擔

🔍 「データを」

【84】 正解4

変更 變更

課長から、出張の予定が変更になったと連絡があった。

從課長那裡，得到了出差的預定有變更的聯絡。

覚えよう「予定が変更になる」「予定の変更」

参考 1 「変化」變化

2 「変形」變形

3 「変換」變換

🔍 「予定が」

⚠️ 「になる」の前にくるのは「変更」だけ

第13回

【85】　正解3

サービス　服務

さすが一流のホテルだ。食事はもちろん、サービスも大変いい。

不愧是一流飯店。用餐沒話說，服務也非常好。

覚えよう「サービスがいい／悪い」

参考 1「ボーナス」獎金

2「ユーモア」幽默

4「シーズン」季節

🔑「ホテル」「～がいい」

【86】　正解1

余裕　充裕，從容

試験まであと3日しかない。遊んでいる余裕はない。

離考試只有3天了。沒有多餘的時間玩。

覚えよう「余裕がある／余裕がない」

参考 2「余計」多餘

3「予備」預備

🔑「あと3日しかない」

【87】　正解3

防犯　防止犯罪

物騒なので、玄関の外に防犯カメラをつけた。

因為危險，在門外安裝了監視攝影機。

覚えよう「防犯カメラ」

参考 1「防止」防止

2「防災」防災

4「防音」防音，隔音

🔑「物騒なので」「～カメラ」

【88】　正解4

だます　欺騙

年寄りをだまして金を取る犯罪が増えている。

詐騙老人金錢的犯罪在增加。

覚えよう「人をだまして金を取る」

参考 1「にらむ」盯視，瞪眼

2「ふざける」開玩笑

3「つぶす」弄碎，搗碎，敗壞，使破產

🔑「金を取る」「犯罪」

【89】　正解4

裏切る　背叛

親友の信頼を裏切るなんて、私にはできないことだ。

背叛親密朋友的信任，這我做不到。

覚えよう「信頼を裏切る」「親友を裏切る」

参考 1「打ち消す」否定，否認

2「裏返す」翻過來

3「壊す」弄壞，毀壞

🔑「親友の信頼を」

【90】　正解2

微妙（な）　微妙（的）

この2つの言葉の意味の微妙な違いがわかりますか。

你知道這兩個詞的意思的微妙區別嗎？

覚えよう「微妙な違い」

参考 1「率直（な）」直率（的）

3「厳重（な）」嚴重（的）

4「的確（な）」的確（的）

🔑「言葉の意味の違い」「～違い」

【91】　正解2

いよいよ　終於

あと1週間。入学試験がいよいよ近づいてきた。

還有一個星期。入學考試終於接近了。

覚えよう「いよいよ明日は結婚式だ」

参考 1「いきいき」（生き生き）＝心が元気な様子

例：祖母は年を取っても生き生きと楽しそうに暮らしている。

3「いちいち」＝ひとつひとつ

例：そんな小さいことを、いちいち心配する必要はない。

4「いそいそ」＝うれしそうに動く様子

例：母は明日の遠足のお弁当をいそいそと作っている。

🔑「入学試験」「近づいてきた」

這是這個地方的名產，請一定要品嘗一下。

覚えよう「この地方の名物」

参考 1「食卓」＝食事をするテーブル

3「飲食」＝飲むこと、食べること

4「名品」＝（工芸品など。食べ物ではない）

🔍「この地方の」「食べてみてください」

【96】 正解 3

あこがれる　憧憬，嚮往

子どものころ、サッカーのスター選手にあこがれてサッカーを始めました。

還是個孩子時，因為對足球明星的憧憬而開始練習足球。

覚えよう「スターにあこがれる」

参考 1「気に入る」満意

2「思い込む」確信，以為，認定

4「あきれる」吃驚，嚇呆

🔍「スター選手に」

【97】 正解 2

くれぐれも　反覆，周到，仔細，一定

お父様にくれぐれもよろしくお伝えください。

請務必轉告對您父親的問候。

覚えよう「くれぐれもよろしく」「くれぐれもお大事に」

参考 1「必ずしも（～ない）」不一定，未必

例：頭のいい人が必ずしも有能だとは限らない。

3「少なくとも」＝一番少ない場合でも／最低でも

例：一日の睡眠は少なくとも 7 時間は必要だ。

4「ちっとも（～ない）」＝ぜんぜん～ない

例：覚えようと思うのに、ちっとも覚えられない。

🔍「よろしくお伝えください」

【98】 正解 2

食欲　食慾

風邪気味のせいか、あまり食欲がない。

好像是因為有點感冒了，不太有食慾。

【92】 正解 1

たくわえる（蓄える）儲備，儲存

息子たちはまだ小さいが、彼らを進学させるための金を今からたくわえておく必要がある。

雖然兒子們還很小，但他們升學的錢必須從現在開始存。

覚えよう「金をたくわえる」

参考 3「ためらう」躊躇，猶豫

4「まとめる」解決，調停，總結，概括

🔍「金を」「今から～おく」

【93】 正解 1

プログラム　程序，節目，電腦計算程式

ダイエットは、きちんとしたプログラムを作ってから始めなさい。

要減肥，先認真的制定程序後再開始吧。

覚えよう「ダイエットのプログラム」

参考 2「ランニング」跑步

3「レクリエーション」休養，娛樂

4「グラフ」表，圖表

🔍「ダイエットは」「～を作ってから」

【94】 正解 2

かせぐ（稼ぐ）賺錢，掙錢

アルバイトで月に 10 万円もかせぐのは大変です。

靠打工每個月掙 10 萬日幣很難。

覚えよう「アルバイトでかせぐ」「月に 10 万円かせぐ」

参考 1「はらう」（払う）支付

3「もうける」（儲ける）賺錢，發財

4「はぶく」（省く）省，節省

🔍「アルバイトで」「月に 10 万円～」

【95】 正解 2

名物　有名的東西，名產

これは、この地方の名物です。ぜひ食べてみてください。

覚えよう「食欲がない」
参考 1、3の語は存在しない。
🔍「風邪気味のせいか」

第15回

【99】　正解2
発揮（する）發揮
けがが治ったので、次の試合では実力を発揮で
きるだろう。
因為傷治好了，下次比賽一定能夠發揮實力。
覚えよう「実力を発揮する」
参考 1「発行（する）」發行
3「発表（する）」發表
4「発明（する）」發明
🔍「けがが治ったので」「実力を」

【100】　正解1
くやむ（悔やむ）後悔
「もっと勉強すればよかった」と今になってく
やんでも、もう遅い。
"再用功一點就好了。"現在後悔已經太遲了。
覚えよう「くやんでも、もう遅い」
参考 2「おこたる」（怠る）懶惰，放鬆
3「くたびれる」累，勞累
4「あばれる」（暴れる）鬧，亂鬧
🔍「もっと勉強すればよかった」「今になって」

【101】　正解1
みっともない　不像様，不體面
みっともないから、そんな汚れた服を着ていか
ないほうがいいよ。
真不體面，還是不要穿那樣髒的衣服比較好。
覚えよう「みっともないことはしない」
参考 2「もったいない」可惜，浪費
3「めでたい」可喜
4「豊富（な）」豊富（的）
🔍「汚れた服」

【102】　正解1
要旨　大意，要點
この文章の要旨を200字でまとめなさい。

請把這篇文章的大意用200個字歸納一下。
覚えよう「文章の要旨」「要旨をまとめる」
参考 2「要素」要素
3「重要（な）」重要（的）
🔍「文章の」「～をまとめる」

【103】　正解4
予防　預防
風邪の予防には、うがい、手洗いが大切です。
為了預防感冒，漱口、洗手很重要。
覚えよう「風邪の予防」「病気を予防する」
参考 1「予期」預期
3「予測」預測
🔍「風邪の」「うがい、手洗い」

【104】　正解4
さすが（に）真不愧，到底，的確，果然
さすがプロだけあって、すばらしい演奏だっ
た。
真不愧是專業人員，多麼出色的演奏啊。
覚えよう「さすがにプロの演奏はすばらしい」
参考 1「案外」意外
2「もしかすると」也許，或許，可能
3「やたら（に）」胡亂，隨便，任意，不分好歹，
沒有差別
🔍「プロだけあって」（＝プロだから）

【105】　正解4
サンプル　様品
新しい商品のサンプルを見せてください。
請看一下新商品的様品。
覚えよう「商品のサンプル」
参考 1「スペース」空格，空間
2「チェック」検査
3「プロ」專業人士
🔍「商品の」

言い換え類義

【1】 正解1

いずれ　早晩，不久，最近

もう少し待ってください。いずれお返事します
から。

請再等一些時間，我不久會給你答覆的。

☑**いずれ**またゆっくり会いましょう。

【2】 正解2

発想　構想，主意，想法

小さな発想が大きなチャンスにつながった。

小小的構思變成了很大的機會。

📖1「主張」＝自分の意見を強く言うこと

　　4「意図」＝しようとすること／考えていること

【3】 正解2

くたびれる＝疲れる

今日はがんばった。でも、くたびれた。

今天努力了，但是太累了。

☑ずいぶん歩いたから、足が**くたびれた**。ここに
すわって少し休もう。

【4】 正解3

深刻(な)　深刻(的)，嚴重(的)

医師不足が深刻な問題となっている。

醫師不足變成了嚴重的問題。

📖1「思いがけない」＝予想しなかった

【5】 正解1

先　①細長い物の端の細い部分

　　　細長物件的纖細端部。

　　②(問題文中の用法)これから後／将来

　　　從此之後／將來

祖母は、もう先が長くないとわかっているようだ。

祖母好像知道她的來日已經不長了。

📖2「端」＝中央から一番離れたところ

例:机の端

【6】 正解4

こしらえる＝作る

彼女はみんなのお弁当をこしらえた。

她為大家做了便當。

☑竹でいすを**こしらえる**／洋服を**こしらえる**

📖1「組み立てる」＝部品を合わせて1つのもの
を作る

【7】 正解1

もっとも(な)　合理，正確，理所當然

彼らが言っていることはもっともです。

他所說的話合情合理。

☑先生が怒るのは**もっとも**だ。だれも宿題をし
てこなかったのだから。

📖「もっとも」には接続詞もある。

「もっとも」也有用接續詞。

例:山田さんの送別会はクラス全員が参加した。
もっとも、遅刻したり、途中で帰った人もいたの
で、はじめから終わりまでいたのは15人ぐらい
だった。

【8】 正解3

線　①細く長いもの　線，線條

　　②(問題文中の用法)物事を行う方針

　　　路線，方針

新番組の企画は、どのような線で進めますか。

這個新節目的計畫，以什麼樣的方針進行呢?

📖1「目標で進める」とは言わない

　　4「方角」＝方向

【9】 正解2

じかに(直に)　直接，親自

これは本人からじかに聞いた話だ。

這是從本人那裡直接聽到的話。

☑その皿は熱くなっているよ。**じかに**触らないで。

【10】 正解1

大半　大半

この寮に住む学生の大半は地方の出身者である。

漢字読み　表記　語形成　文脈規定　言い換え類義　用法

在這個宿舍裡住的學生大都是外地出生的人。

参考 地方の出身者＝地方から来た人

2「およそ」＝だいたい

例：家から会社までおよそ1時間かかる。

4「だいぶ」＝思ったより多く／かなり

例：病気はかなりよくなった。

⚠ ［ほとんど＋動詞／助詞］［だいぶ＋動詞］

第3回

【11】　正解1

あらすじ　概略，梗概，大要

その映画のあらすじを教えてください。

請告訴我這部電影的大要。

参考 2「テーマ」＝題　題，題目

3「ポイント」＝大切なところ　重要的事

4「スタッフ」＝その仕事をする人

　　　從事這項工作的人

【12】　正解1

たまたま　偶然，碰巧

たまたま隣の席に知人が座っていた。

碰巧鄰座坐的是認識的人。

☑ あとで知ったのですが、私と山下さんは、**たまたま**同じ学校の出身だったんです。

【13】　正解2

あつかましい　厚臉皮，不害羞

あの人ほどあつかましい人はいない。

沒有像那個人那樣厚臉皮的人。

参考 4「あつかいにくい」＝対応するのが難しい

　　　很難對付

例：これは国際問題になる恐れがある、あつかいにくい問題だ。

這有可能會變成國際問題，是很難對付的問題。

【14】　正解4

そろう　齊全，成雙，到齊

「そろっている」＝全部ある

この店には各国からの輸入食品がそろっている。

這間店齊備了從各國進口的食品。

【15】　正解2

日中　白天

今日の日中はひどい暑さだった。

今天白天非常炎熱。

参考 3「正午」＝昼の12時

⚠「日中」には「日本と中国」の意味もある

第4回

【16】　正解3

おわびする　道歉

私の発言が世間を騒がせてしまったことをおわびします。

我對自己的發言引起社會的騷動深表歉意。

参考 世間＝世の中／一般の人々

騒がせる＝(何か問題や事件を起こして)みんなをびっくりさせる

【17】　正解1

見た目　看上去，外觀

レストランの料理は、味はもちろん、見た目も大事だ。

飯店的菜餚，味道當然重要，外觀也非常重要。

参考 1「見かけ」　例：人は、見かけだけではわからない。

2「見本」＝商品がどんなものかを示すために作った物。サンプル　例：見本を見て買う商品を選んだ。

3「中身」＝中にあるもの

　例：箱は大きかったが、中身は小さかった。

4「味覚」＝甘い、辛いなど舌で感じる味の感覚

　例：味覚が鋭くないと、料理人にはなれない。

【18】　正解3

往復＝行きと帰り

往復で買うと飛行機代が20パーセント安くなる。

如果買來回票，機票能便宜百分之二十。

参考 1「割引」＝何割か安くすること　2「日帰り」＝1日で行って帰ること　4「前売り」＝乗る前に売ること

【19】　正解4

思いがけない　没想到，意外的

この場所で思いがけない事故が起こった。

在這裡發生了意想不到的事故。

✍今日思いがけない人に会ったよ。小学校の同級生の水田君だ。

【20】　正解2

やがて　終於，終

事件のことはやがて忘れられてしまうだろう。

這起事件(將來)終會被忘記吧。

✍同じクラスになった2人はやがて愛し合うようになった。

第5回

【21】　正解3

寸法＝長さ

戸棚に入るかどうか、箱の寸法を測ってみよう。

能不能放進這個廚子裡，來量一下盒子的尺寸吧。

参考 1「体積」＝立体の大きさ　2「面積」＝表面の広さ

3「サイズ」＝たて、横、高さなどの長さで表す大きさ

4「ケース」＝入れ物

【22】　正解4

おのおの　各自，各，各位

報告書はおのおのが書くことになっている。

每個人都要各自寫出自己的報告書。

✍この紙を、おのおの1枚ずつお取りください。

参考 1「代表者」＝グループを代表する人

2「担当者」＝その仕事を担当する人

【23】　正解3

見事(な)　非常卓越，非常漂亮，精采

彼女のスピーチは見事だった。

她的演講非常精采。

参考 4「独特」＝他にはない、それだけにある特別な

【24】　正解1

たちまち　轉眼間，立刻，突然

そのうわさはたちまち広がった。

那個謠言轉眼間就傳開了。

✍なべの油についた火はたちまち部屋中に広がった。

参考 3「いきなり」＝突然　4「いっせいに」＝一度に

【25】　正解1

済む＝終わる

会議はいつ済みますか。

會議什麼時候結束?

参考 2「開始する」＝始める　3「中止する」＝途中でやめる

4「休憩する」＝途中で休む

第6回

【26】　正解3

支度＝準備／用意

そろそろ支度をしないと、遅くなりますよ。

不快點準備就要遲到了。

✍食事の支度／旅の支度

【27】　正解4

アイデア　主意，想法

思いつく　想出，想起

新製品のデザインのアイデアを思いついた。

新產品的設計點子想出來了。

参考 1「思い出す」　例:古い写真を見ていたら子供のころを思い出した。

2「考え直す」　例：社長は給料を下げると言っているが、社員は社長に考え直してほしいと要求している。

【28】　正解1

おこたる　怠惰，怠慢，疏忽，鬆懈

安全管理をおこたると大変なことになる。

如果鬆懈了安全管理，就會出大事。

参考 2「心がける」＝するように気をつける

例:毎日運動をするように心がけている。

漢字読み 表記 語形成 文脈規定 言い換え類義 用法

【29】 正解1

そっくり(な)　相像，像

兄は頑固なところが父にそっくりだ。

哥哥頑固的性格很像父親。

参考 頑固(な)＝自分の考えを変えないようす

【30】 正解2

せめて　哪怕是，至少

夏休みは、せめて1週間はほしい。

暑假至少想要一個星期。

☑複雑なことは言えなくてもしかたがないが、**せ
めて日本語で買い物ができるようになりたい。**

参考 1「やっと」＝長い時間かかったができたと
いう気持ちを表す

例：レポートがやっと書けた。

3「いっそう」＝いままでよりさらに

例：台風が近づいてきて、雨がいっそうひど
くなった。

第7回

【31】 正解2

そっと　悄悄地，靜靜地，輕輕地

母親は息子の部屋のドアをそっと閉めた。

母親輕輕的關上兒子的房門。

参考 1「こっそり」＝人にわからないように

例：どろぼうは窓からこっそり部屋に入った。

【32】 正解4

冷静(な)　冷靜(的)

地震の時は冷静に行動しなければならない。

在地震的時候，一定要冷靜的行事。

☑この問題については、**冷静**に考えることが必
要です。

【33】 正解2

長引く　拖長，拖延

今年は梅雨が長引いている。

今年的梅雨季節拖得很長。

☑かぜが**長引いて**いて、まだ治らない。

【34】 正解1

根　①植物の一番下の部分　植物的最下面的部分
　　　（根）

　　②（問題文中の用法）一番元になること、原因
　　　根源，原因

土地の問題をめぐる住民の対立の根は深い。

圍繞著土地的問題，居民對立的根源很深。

参考 対立の根が深い＝対立のもとになっている
ことが複雑で簡単ではない

3「評価」＝どれくらいの価値があるかをきめる
こと　例：成績を評価する。

【35】 正解3

やっかい(な)　很難，麻煩，為難

専門用語の多い英文を翻訳するのはやっかいな
ので、専門家に頼んだ。

因為含大量專業用語的英文翻譯起來很麻煩，就委託
了專家。

参考 1「無理(な)」＝できない／難しい　例：この
仕事を一人でするのは無理だ。

2「深刻(な)」＝重大で簡単ではない

例：地球の温暖化は深刻な問題だ。

3「めんどう(な)」＝手間がかかって大変(な)

例：料理を作るのがめんどうだから、外へ食べに
行った。

4「困難(な)」＝難しくて大変な

例：客が減って、店の経営が困難になった。

第8回

【36】 正解4

種　①植物の芽が出るもと　種子

　　②（問題文中の用法）物事が起こる原因
　　　引起事情的原因

この争いの種は1つだけではない。

引起這起紛爭的原因不只一個。

☑悩みの**種**／心配の**種**／けんかの**種**

【37】 正解3

よす＝やめる／しない

からかうのはよしてください。

請不要取笑別人。

☑文句を言うのは**よした**方がいい／体調がよくないから、飲みに行くのは**よそう。**

【38】　正解3

続々と　陸陸續續，紛紛

結婚式の招待状を送ったら、続々と返事が届いた。

把喜帖寄出去後，回信陸陸續續的來了。

☑値段を下げたら、注文が**続々と**来た。

参考1「順々に」＝順番通りに

例：面接試験は受験番号通り順々に行う。

2「転々と」＝次々に移るようす

例：彼は仕事を転々と変えた。

4「たびたび」＝同じことを何回もくり返して

例：彼はたびたび中国へ行く。

【39】　正解3

徐々に　漸漸地

選手たちはゴールに向かって徐々に走るスピードを上げていった。

選手們朝著終點漸漸地加快了速度。

参考2「ちゃくちゃくと(着々と)」＝(仕事などが)問題なく進むようす

例：計画は着々と進められている。

4「どっと」＝急にたくさん

例：テレビ番組で紹介されたレストランに客がどっとやってきた。

【40】　正解1

穏やか(な)　平穩，平靜，溫和，安詳，恬靜

彼女は穏やかな表情で話している。

她帶著平靜的表情說著話。

☑台風が去って、波が**穏やかに**なった。

第9回

【41】　正解2

さっさと　趕快地，迅速地

今夜のサッカーの試合をテレビで見ようと、社員たちはさっさと仕事を終わらせて帰ってしまった。

為了今晚在電視上觀看足球比賽，公司員工們迅速地完成工作後回家了。

☑「まだ朝ご飯食べてないの？**さっさと**食べなさい」

【42】　正解3

かつて　曾，曾經

この建物はかつて有名な政治家の家だった。

這棟建築物過去曾是有名政治家的家。

☑この皿は、**かつて**中国に住んでいた時に買ったものです。

参考1「いずれ」＝いつか／将来

例：今は親に反抗していても、いずれわかるときがくるだろう。

【43】　正解2

心得る　懂得，明白，領會，答應

彼女は、子供のあつかい方をよく心得ている。

他非常明白如何和孩子相處。

☑店員はお客様の応対のし方を**心得て**いなければならない。

店員必須懂得如何接待顧客。

【44】　正解1

真剣(な)　認真，正經

生徒たちは先輩の話を真剣に聞いていた。

學生們認真的聽著學長講話。

☑仕事に**真剣に**取り組む／**真剣な**表情をしている

参考1「真面目(まじめ)に」

2「素直(すなお)に」＝人の言うことを反対したりしないで受け入れるようす

例：素直な性格／先生の言うことに素直に従う

【45】　正解2

用途　用途

最近の携帯電話は用途が広い。

最近的手機用途廣泛。

参考1「応用」＝基本の考え方を実際の場面に合わせて使うこと　例：応用問題

3「活動」＝動いて働きをすること

例：政治活動／火山の活動

4「効果」＝良い結果

例:ダイエットをしているけれど、効果があまり
出ていない。

第10回

【46】 正解3
あらゆる　所有，一切
この問題については、あらゆる角度から検討し
ました。
對於這個問題，已經從各個角度討論研究過了。
参考 4「逆の」＝反対の

【47】 正解2
以降　以後，之後
夜10時以降に食事をすると太りやすいそうだ。
好像晚上十點以後進食容易發胖。
参考 4「以来」(～以来)＝～から今までずっと
例:日本に来て以来、一度も国へ帰っていない。

【48】 正解4
道　①道路　道路
　　②(**問題文中の用法**)方法　方法
ごみ問題を解決する道を探ろうではないか。
不是要尋找解決垃圾問題之道嗎?
参考 1「手続き」＝事務を行う順序

【49】 正解4
順調(な)　順利，良好
発表会の準備は順調に進んでいます。
發表會的準備順利的進行著。
✎手術後、父は**順調に**回復しています。

【50】 正解4
用心する　注意，小心，提防
最近泥棒による被害が増えていますから、用心
してください。
最近遭小偷的受害者增加了，請大家小心提防。
参考 1「信用」＝信じても大丈夫だということ

用 法

第1回

【1】 正解1
普段　平時
普段家にいるときは、楽な服装で過ごす。
平時在家的時候，穿著舒適的衣服度過。
使い方「**主婦なので、普段**は家で家事をしています」
因為是家庭主婦，平時都在家做家事。
「**普段**からなるべく運動をするように心がけている」
平時盡量注意多運動。
参考2「テレビを見ながら食事をするのが普通（ふつう）です」
3「相手の負担（ふたん）になります」
4「携帯電話の普及（ふきゅう）」

【2】 正解2
心当たり　想像，得到，線索，苗頭
彼がどこへ行ったのか心当たりがまったくない。
我根本無法想像（猜想）他究竟去了哪裡。
使い方「だれ／どこ……か、**心当たり**がない」
「**心当たり**の場所を探してみた」
試著尋找想像的地方。
参考1「弁護士になるつもり」
3「ちょっと不安もある」
4「あなたが手伝ってくれるとあてにしています」

【3】 正解2
こしらえる　製造，做
＝（比較的小さいものを）作る　做
遠足のお弁当は、姉がこしらえてくれた。
遠足的便當，是姉姊為我做的。
使い方「彼女は子どもの服を自分で**こしらえる**」
参考1「いすにこしかけて」
3「なんとかこらえた」
4「疲れてしまった／くたびれてしまった」

【4】 正解3
どなる　大聲喊叫，大聲斥責

図書館で友達としゃべっていたら、隣の男性に「静かにしろ」とどなられた。
在圖書館和朋友交談時，被鄰座的男性大聲斥責：
"安靜一點！"
使い方「怒って大声で**どなる**」
「そんなに**どなら**ないで。うるさいよ」
参考1「小さい声でささやいた」
2「『やった！』とさけんでしまった」
4「名前を呼んだら」

【5】 正解2
あくまで　徹底，到底，始終
だれに反対されても、あくまで自分の意志を通すつもりだ。
無論被誰反對，決心徹底貫徹自己的意志。
使い方「私はその考えには**あくまで**反対します」
参考1「念のため／一応確認をしておいたほうがいい」
3「やっと／ようやく」
4「必ず出席してください」

第2回

【6】 正解2
あいにく　不湊巧，偏巧，遺憾
祖母の家まで荷物を届けに行ったが、あいにく留守だった。
把行李送到祖母的家，但不巧的她不在。
使い方「その日は**あいにく**仕事があるので、行けません。また誘ってください」「運動会の日は**あいにく**雨になってしまった」「**あいにく**の雨で、運動会は中止になった」
参考1「幸い（に）友だちが手伝ってくれたので」
3「料理を残らず全部食べてしまった」
4「その子は今にも泣きそうな顔をしていた」

【7】 正解1
とんでもない　出乎意外，毫無道理，荒唐，哪裡的話
迷惑だなんて、とんでもない。喜んでいるんですよ。
說什麼麻煩我，哪裡的話，我太高興了。
使い方「彼が犯人だなんて、**とんでもない**。彼は被

害者ですよ」

說他是犯人？簡直荒唐。他是受害者。

「どうしよう。**とんでもない**ミスをしてしまった」

怎麼辦？我犯了荒謬的錯誤。

参考 2 「**素直**ないい子だ」

3 「**ひどい**熱が出た」

4 「**必死で**／**必死に**勉強した」

【8】 正解3

消耗する 消耗

一日中歩き回って体力を消耗してしまった。

一整天東奔西跑，體力都消耗完了。

使い方 「夏は体力の**消耗**が大きい」

夏天體力的消耗很大。

「生活費は食料品や石鹸などの**消耗**品につかわれる」

生活費都用在食品、肥皂等消耗品上了。

参考 1 「上陸のおそれは**消滅した**／**消えた**／**なくなった**」

2 「はんこを**紛失して**／**なくして**」

4 「自信を**なくして**（**失くして**）しまった」

【9】 正解1

行儀 舉止，禮貌

食べ物を口に入れたまま話すのは行儀が悪い。

嘴裡含著食物講話很不禮貌。

使い方 「**行儀**がいい／悪い」

参考 2 「**礼儀**正しく」 3 「団体で**行動**をするときは」 4 「**おじぎ**をする」

【10】 正解4

はんこ 印章

名前を書いて、はんこを押してください。

請寫上名字，然後蓋章。

使い方 「サインの後に、**はんこ**を押してください」

簽名後，請蓋章

参考 1 「はんこ」は借りるものではない

2 「はんこ」は書くものではない

3 「はんこ」は破ることはできない

第3回

【11】 正解3

ダブる 雙，雙重的，重疊

祝日と日曜日がダブるときは、月曜日が休みになる。

節日和星期天重疊時，星期一就成為休假日。

使い方 「2つが**ダブって**いますから、1つはとってください」

兩個重疊在一起了，請拿掉一個。

「目が疲れると、文字が**ダブって**見える」

當眼睛疲勞時，字看上去是重疊的。

参考 1 「仕事を**サボって**」

2 「しっかり**しばって**ください」

4 「**まとめて**買ったほうが得だ」

【12】 正解3

心得る 懂得，明白，領會，答應，應允

ベテラン社員なら、この仕事のやり方を心得ているはずだ。

如果你是老練的職員，應該懂得這項工作的作法。

使い方 「事情をよく**心得ている**」

我十分明白這件事情。

「やり方を**心得る**まで時間がかかるだろう」

要領會怎麼做，還要一些時間吧。

参考 1 「規則正しい生活をするように**心がけている**」

2 「医者を**こころざしていた**」

4 「答えをやっと**見つけた**／答えが**わかった**」

【13】 正解3

手間 勞動和時間，功夫，工資

仕事が忙しいので、手間がかかる料理は作れない。

因為工作很忙，不能做費功夫的菜。

使い方 「この仕事は**手間**がかかる」

参考 1 「**人手**が足りない」 2 「**ひま**があったら」 4 「**ご迷惑**をおかけして」

【14】 正解1

いくぶん 幾分，一點兒，少許

風邪の具合は昨日よりいくぶんよくなってきた

ようだ。

感冒好像比昨天好一點了。

使い方「昨日より今日のほうが**いくぶん**涼しいように感じる」

感覺今天比昨天要涼快一點。

参考2「**とうとう**こわれてしまった」

3「**何分**ぐらいかかりますか」

4「**どうぞ／どうか／なにぶん**よろしくお願い申しあげます」

【15】 正解1

留守 看家，看門，不在家

友達の家に行ったら、残念ながら留守だった。

去了朋友家，可惜他不在家。

使い方「玄関のチャイムを押しても返事がない。**留守**らしい」

按了門口的門鈴也沒有回應，好像不在家。

参考2「**留学**をする」 3「**留守番**をした」

4「一週間の**休み／休暇**」

第4回

【16】 正解4

訴える 訴說，控訴

彼女は涙ながらに苦しみを訴えた。

她一邊流著眼淚，一邊訴說了痛苦。

使い方「**裁判所**に**訴える**」 向法院控訴

「**痛み／悩み／不満** を**訴える**」

訴說痛苦／煩惱／不滿

参考1「ガンであると**知らせた／告知した**」

2「首相は新しい政策を国民に**表明した**」

3「危険なことを**避けて**」

【17】 正解1

団地 住宅區，集合住宅

ここは私が以前住んでいた団地です。

這裡是我以前住過的住宅區。

使い方「**団地**に住む」

「この**団地**には、アパートが10以上ある」

参考2「**丘**の上に建っていて」

3「広い**土地／畑**を持っていて」

4「**団体**で旅行したほうがいい」

【18】 正解1

ずれる 離開，移動，錯離，背離

プリンターの故障か、印刷の文字がずれて読みにくい。

由於印刷機的故障，印出來的字位置錯離，很難閱讀。

使い方「決まった位置から**ずれない**ように、きちんと線を引いてください」

為了不要偏離規定的位置，請認真的畫線。

参考2「家の壁が**くずれて（崩れて）**しまった」

3「ボタンが**取れた**ので」

4「花が**かれて（枯れて）**しまった」

【19】 正解3

しみじみ 痛切，深切，感慨地，仔細

自分が病気になってはじめて、健康が大切だとしみじみ感じた。

自己生病以後才深切的體會到健康是多麼的重要。

使い方「外国で生活をすると、自国のよさを**しみじみ**感じる」

在國外生活後，才深切的感到自己國家的好。

参考1「**じめじめ**した日」 2「**地味**な色」

4「実に**さっぱり**する」

【20】 正解2

仲直り 和好

私の両親はよくけんかをするが、すぐ仲直りをする。

我的父母雖然經常吵架，但是馬上就能和好。

使い方「けんかした友だちと**仲直り**をした」

参考1「**修理**ができない」 3「2人はとても**仲**がいい」 4「学生時代からの**仲間**です」

第5回

【21】 正解2

たっぷり 充分，足夠

スパゲッティはたっぷりのお湯に塩を入れて8分間ゆでてください。

義大利麵請在充足的沸水中加鹽煮8分鐘。

使い方「〜が**たっぷり**ある」「**たっぷり**の〜」

「時間とお金が**たっぷり**あればいいなあ」

参考1「**ぐっすり**眠っていて」 3「財布を**こっ**

そり盗む」　4「その子は<u>ぐったり</u>している」

【22】　正解4
のんき（な）　悠閒的
あと一週間で入学試験なのに、息子はのんきに
テレビばかり見ている。
還有一個星期就要入學考試了，兒子卻悠哉的看著電視。
使い方「**のんきな**人」「いなかで**のんきに**暮らし
たい」
参考1「彼は<u>短気</u>な性格で、怒りっぽい」
2「家で<u>のんびり</u>しています」
3「そんなこと、<u>本気</u>で言ってるの？」

【23】　正解3
ため息　嘆氣
何か悩みがあるのか、彼女はため息ばかりつい
ている。
不知有什麼煩惱，她不斷的嘆氣。
使い方「**ため息をつく**／**ため息が出る**」
「山のような仕事を前にして、**ため息が出た**」
在堆積如山的工作前，嘆了口氣。
参考1「小さい声で<u>ささやいた</u>」　2「<u>深呼吸</u>を
したら」　4「<u>息</u>／<u>呼吸</u>が苦しい」

【24】　正解3
反映する　反映
今回の選挙の結果は国民の意見をよく反映して
いる。
這次的選舉結果充分的反應了國民的意見。
使い方「ドラマにはその時代や国民の生活が**反映
される**」連續劇能反映那個時代的國民生活。
参考1「太陽の光が鏡に<u>反射</u>してまぶしい」　2
「映画が<u>上映</u>される」　4「迷惑をかけたことを
<u>反省</u>している」

【25】　正解2
当番　值日
今日の掃除当番はだれですか。
今天的值日生是誰？
使い方「掃除**当番**」「炊事**当番**」「今日の**当番**はだ

れですか」
参考1「<u>順番</u>をまもって」　3「1年A組の<u>担任</u>」
4「テレビの<u>番組</u>」

第6回

【26】　正解3
ただし　但是，可是
冷蔵庫を無料でさしあげます。ただし、こちら
まで取りに来られる方に限ります。
冰箱免費贈送，但是只限能來這裡取貨（冰箱）的人。
使い方「図書館は月曜日が休みです。**ただし**月曜
日が休日の場合は火曜日が休みになります」
参考1「<u>なぜなら</u>、体に良くないからだ」
2「<u>そのうえ</u>、安いから評判がいい」
4「<u>ところで</u>、お母さんはお元気ですか」

【27】　正解1
人通り　經過的人
この辺りは人通りが多いので、犯人の顔を見た人
がいるはずだ。
這附近經過的人很多，肯定有看到犯人臉的人。
使い方「**人通り**が多い／少ない／ない」
「この辺は夜、**人通り**がほとんどない」
参考2「<u>一通り</u>読みました」　3「あそこの<u>通り</u>
を右に曲がる」　4「<u>人並み</u>の生活」

【28】　正解3
しつこい　過濃，膩人，油膩，討厭，難纏
ずっと薬を飲んでいるのに、なかなか治らな
い。しつこい風邪だ。
一直吃藥，但是都沒好。真是難纏的感冒。
使い方「**しつこく**誘う」「私は**しつこい**人がきら
いです」
参考1「<u>ていねい</u>な指導」　2「例文が<u>豊富</u>で」
4「もう少し<u>濃い</u>色」

【29】　正解3
イメージ　印象，形象
その事件のせいで会社のイメージがすっかり
悪くなってしまった。

因為這起事件，公司的形象徹底變壞。

使い方「**イメージ**がいい／悪い」

「髪型、服装、化粧などが変わると、人の**イメージ**は大きく変わる」

如果髮型、服裝、化妝等發生變化，人的形象也會發生很大的變化。

参考 1「絵の<u>センス</u>がある」 2「<u>レジャー</u>につかう時間」 4「大きな<u>望み</u>／<u>夢</u>」

【30】 正解4

覚悟する 心理準備，覺悟，決心

祖父は、国のために死んでもいいと覚悟して戦争に行ったという。

祖父抱著為了國家犧牲生命也在所不惜的決心，去參加了戰爭。

使い方「手術を受ける**覚悟**をする」

做好接受手術的心理準備。

「死を**覚悟**する」

作好死亡的心理準備。

「貧乏を**覚悟**のうえで彼と結婚した」

做了貧窮的心理準備和他結婚了。

参考 1「受験を<u>あきらめた</u>」 2「良いアイデア<u>を思いついた</u>／良いアイデア<u>が浮かんだ</u>」 3「映画に行くか、それともドライブに行くか<u>迷っている</u>」

第7回

【31】 正解3

ほほえむ 微笑

私が「ありがとう」と言うと、彼女はにっこりほほえんだ。

我說"謝謝"時，她嫣然一笑。

使い方「やさしく**ほほえむ**」

参考 1「大声で<u>さけぶ</u>／<u>どなる</u>ので迷惑している」 2「「うわあー」と<u>泣き出した</u>」 4「よく<u>怒られた</u>／<u>叱られた</u>」

【32】 正解1

見出し 標題，索引

新聞の見出しを見れば、どんな記事が載っているかわかる。

只要看報紙的標題，就知道刊登的是什麼報導。

使い方「新聞の**見出し**」

「時間がないので新聞の**見出し**だけを見た」

参考 2「会議の<u>議題</u>」 3「曲の<u>題名</u>」 4「芝居やドラマの<u>せりふ</u>」

【33】 正解1

ブレーキ 剎車

ブレーキの故障は大事故につながる。

剎車的故障會引起重大的事故。

使い方「車の**ブレーキ**を踏む／**ブレーキ**をかける」

参考 2「太陽<u>エネルギー</u>」 3「<u>バランス</u>の取れた食事」 4「速い<u>リズム</u>に合わせて」

【34】 正解1

思わず 不知不覺的，無意識的

電車の中でおもしろい会話を聞いて、思わず一人で笑ってしまった。

在電車中聽到有趣的對話，一個人不由得笑了。

使い方「子どもが道路に飛び出した。**思わず**『あぶない！』とさけんだ」

参考 2「<u>思いがけない</u>ことですね」 3「<u>うっかり</u>かばんを置き忘れてしまった」 4「<u>思いっきり</u>酒を飲みましょう」

【35】 正解2

公平（な） 公平（的）

今日の試合の審判は公平ではなかった。

今天的比賽的裁判不公平。

使い方「先生は、どの生徒に対しても**公平**な態度で接するべきだ」

老師無論對哪個學生，都應該公平對待。

参考 1「<u>明らか</u>にしなければならない」 3「本当のことを<u>正直</u>に」 4「<u>率直</u>に話し合いましょう」

第8回

【36】 正解4

本物 真的東西，真貨

本物のダイヤモンドの輝きは、やはりすばらしい。

真的鑽石的光芒，果然非常的美。

使い方 「これは偽物だ。**本物**ではない」

這是假貨，不是真貨。

参考 1 「申込者<u>本人</u>」　2 「試験の<u>本番</u>」

3 「東京の<u>本社</u>」

【37】　正解1

プラス　加上，益處

学歴が高いことは、将来プラスになるだろうか。

學歷高的話，對將來一定有益處。

使い方 「今度の仕事の成功は君にとって**プラス**になるだろう」

這次工作的成功對你來講一定有益處。

参考 2 「車を<u>バック</u>させる」

3 「6月と12月には<u>ボーナス</u>がもらえる」

4 「家賃が1割<u>アップ</u>する」

【38】　正解1

儲ける　賺錢，發財

彼は株を始めてたった3ヶ月で300万円儲けた。

他開始投資股票僅3個月就賺了300萬日圓。

使い方 「株で100万円**儲けた**」

投資股票賺了100萬日圓。

「私は**金儲け**が下手だ」

我不善於賺錢。

参考 2 「900円から950円に<u>上がった</u>」

3 「こづかいを<u>もらった</u>」

4 「10万円<u>稼いでいる</u>」

⚠ 「稼ぐ」＝働いて金を得る「稼がないと生活できない」「もうける」＝利益を得る／得をする「商売をして儲ける」

【39】　正解2

それる　脱離正軌，走調，走偏，轉過去

心配していた台風は海側へそれていきました。

讓人擔心的颱風偏向到了海上。

使い方 「マラソンでは決められたコースから**それる**と失格になります」

在馬拉松比賽中，如果脱離規定路線，就失去了比賽資格。

参考 1 「社長の命令に<u>そむいて</u>（背く）」

3 「右に<u>曲がって</u>ください」

4 「海岸に<u>そって</u>」

【40】　正解3

始終　始終，總是

会社にいるとき、彼は始終電話をかけている。

在公司裡，他總是在打電話。

使い方 「弟は**始終**ゲームをしている」

「駅でも電車内でも**始終**メールをしている人が多い」

参考 1 「授業の<u>始まり</u>と<u>終わり</u>の時間」

2 「<u>はじめて</u>会った人」

4 「あの先生は<u>いつも</u>やさしい」

第9回

【41】　正解3

寿命（じゅみょう）　壽命

このテープレコーダーは20年も使っている。

もうそろそろ寿命だろう。

這台録音機已經用了20年，壽命差不多了吧。

使い方 「**寿命**が長い／短い」

「日本人の平均**寿命**は80歳をこえている」

参考 1 「<u>老後</u>は、元気に楽しく過ごしたい」

2 「<u>命</u>にかかわる病気」　4 「<u>一生</u>（いっしょう）をささげた」

【42】　正解2

スタート　啟動，起跑，開始

スタートでは少し遅れたが、次第にスピードを上げた。

起跑雖然晚了一些，但是接著馬上提高了速度。

使い方 「新生活が**スタート**する」「新政府が**スタート**を切る」「新しい企画（きかく）が**スタート**した」

参考 1 「映画の<u>スター</u>」　3 「<u>ゴール</u>までもうすぐだ」　4 「背が高くて<u>スマート</u>だ」

【43】　正解2

まとめる　解決，了解，匯集，整理，總結，統一

今日の講義の内容をまとめて、レポートを書いてください。

請整理今天講義的内容，寫一份報告書。

使い方 「旅行にもっていく物を1つに**まとめて**かば

174

んに入れた」
把旅行攜帶的物品整理在一起，放進了包包裡。
「みんなの意見を**まとめる**」 總結大家的意見。
参考 1「クラスを代表して」 3「新聞を各家庭に配る」 4「みんなで分けて」

【44】 正解2
今にも 馬上，不久，眼看
空が暗くなってきた。今にも雨が降りだしそうだ。
天空暗了下來，好像馬上就要下雨了。
使い方「強風で木が**今にも**倒れそうだ」
因為強風，樹木好像馬上要倒下來了。
「その女の子は**今にも**泣きそうな顔をしていた」
那個女孩子眼看就要哭了。
参考 1「今さら悔やんでも、もう遅い」
3「今も／いまだに解決していない」
4「今もよく覚えている」

【45】 正解4
区別する 區別
花や葉が似ている植物を区別するのは難しい。
要區別花和葉子相似的植物很難。
使い方「双子は顔がそっくりだから、**区別する**のが難しい」 雙胞胎因為臉很相似，很難區別。
参考 1「みんなで分けた」 2「男女を差別することなく」 3「20年前に別れたきり」

第10回
【46】 正解3
重大（な） 重大（的）
友達の結婚式で司会をすることになった。責任は重大だ。 我要當朋友婚禮的主持人。責任重大。
使い方「これはとても**重大**な問題です」
「**重大**なニュースが新聞に出ている」
参考 1「私の大切な／大事な友達だ」
2「どんなに大変でも／難しくても」
4「辞書は絶対に必要なものだ」

【47】 正解4
そろう 齊全，成對，一致，備齊

申し込みに必要な書類はぜんぶそろっています。
申請必需的文件都備齊了嗎？
使い方「必要なものが全部**そろう**」
「今日は欠席者がいない。全員が**そろっている**」
参考 1「妹と似ている」
2「掃除が終わっていない／できていない」
3「あなたといっしょに」

【48】 正解1
トップ 最高
次の試験では学年トップの成績を取りたい。
下一次考試想取得全年級最高的成績。
使い方「**トップ**の成績」「会社の**トップ**」「**トップ**に立つ」「**トップ**レベル」
参考 2「ステージで芝居をする」
3「若者／ヤングよりも中高年に人気がある」
4「私の言うとおりにするのがベストだ」

【49】 正解4
ぐっすり 熟睡
この数日は夜になっても気温が高いので、ぐっすり眠ることができない。
這幾天到了晚上氣溫還是很高，不能熟睡。
使い方「**ぐっすり**寝る／眠る」
「昨夜は**ぐっすり**眠って、夢も見なかった」
参考 1「すっかり変わっていた」
2「さっぱりわからない」
3「彼は優秀でしっかりした人です」

【50】 正解2
姿勢
①体の構え 身體的架勢
②（問題文中の用法）態度 態度
問題に真剣に取り組む彼の姿勢は尊敬すべきだろう。 認真的面對問題的態度是值得尊敬的。
使い方「**姿勢**がいい／悪い」 姿勢好／不好
「前向きな**姿勢**で問題に取り組む」
用積極的態度對待問題。
参考 1「健康によい生活習慣」 3「がっかりした様子」 4「机の位置」

**The Preparatory Course for the Japanese Language
Proficiency Test : DRILL&DRILL Series
Copyright : 2010 by Hoshino Keiko + Tsuji Kazuko
The original edition was published by UNICOM Inc. in Japan.**

「ドリル＆ドリル日本語能力試験　Ｎ２　文字・語彙」由日本「UNICOM
Inc.」授權在台灣地區印行銷售。
任何盜印版本，即屬違法。

國家圖書館出版品預行編目資料

ドリル＆ドリル日本語能力試験 N 2 文字.語彙　／　星野惠子,
　辻和　子著. －－　新北市：尚昂文化，　2011.08
　　面；　公分
　　ISBN　978-986-6946-97-4（平裝）

　1．日語　2．詞彙　3．能力測驗

803.189　　　　　　　　　　　　　　　　　　　100013708

ドリル＆ドリル
日本語能力試験　N2　文字・語彙

發 行 所：尚昂文化事業國際有限公司

發 行 人：沈光輝

著　　者：星野惠子・辻 和子　2011 ©

劃撥帳號：19183591

地　　址：新北市永和區仁愛路115號１樓

電　　話：(02) 2928-4698

傳　　真：(02) 3233-7311

出版日期：2011 年 8 月

總 經 銷：創智文化有限公司

電　　話：(02) 2268-3489

定　　價：240 元

http://www.sunonbooks.com.tw
E-mail：shang.ang123@msa.hinet.net

行政院新聞局登記證局版台省業字第724號